अरेंज्ड वाला लव।

आदित्य शर्मा

Made with ♥ on the Notion Press Platform
www.notionpress.com

Enter Caption

क्रम-सूची

1

हमे यह शादी नही करनी

जयपुर, राजस्थान

एक बड़ा सा संगमरमर का महल खूबसूरत और आलीशान उसके अंदर एक औरत यही कोई साठ साल के आस पास चेहरे पर राजसी तेज ,आस पास के सभी नौकरों को इंस्ट्रक्शन दे रही थी..

अरे जल्दी जल्दी हाथ चलाओ , कांता यह समान गाड़ी मैं रखवाए हमे जल्दी निकलना है तभी सीढ़ियों से एक औरत उतर कर आती है यही कोई चालीस के आस पास , मासा आप टेंशन मत लीजिए सब हो जाएगा आप ऐसे भागादौड़ी करेंगी तो आपका ब्लड प्रेशर हाई हो जाएगा।

वो औरत यानी जयपुर की महारानी (तेजस्वी सिंह) बोली,"" बहु हम कैसे टेंशन न ले आज हमारे लिए इतना खास दिन है जिसका हमने बरसो से सपना देखा है इतना काम बचा है ।

वो औरत यानी की इस महल की बड़ी बहु (साक्षी सिंह) कहती है , मां हमारे लिए भी यह दिन इतना ही खास है आप टेंशन मत लीजिए सब हो जाएगा, दोनो सास बहू मिलके सब सामान नौकरों के हाथो गाड़ी मैं रखवाने लगती हैं,

आज महल में एक अलग ही रौनक थी ,

धीरे धीरे सब नाश्ते की टेबल पर आने लगते है हेड चेयर पर राणा सिंह इस घर के हेड और जयपुर के महाराजा (राणा सिंह) उनके बगल में उनके बड़े बेटे आशुतोष सिंह और उनकी पत्नी साक्षी सिंह और लेफ्ट साइड में उनके दूसरे बेटे अविनाश सिंह और उनकी पत्नि सुकन्या सिंह बैठी थी साथ मैं उनकी बेटी मोनी और बेटा आकाश सिंह....... साक्षी सिंह के पास उनकी बेटी मानसी सिंह।

राणा सिंह जी कहते है, सब यहां है जिनको होना जरूरी है वो कहा है आज तो उनको यहां मौजूद होना चाहिए था ।

तभी एक आवाज आई"" हम यहां है दादा सा""सबकी नजरें उस तरफ चली गई सीढियों से एक हैंडसम सा आदमी दिखने मैं किसी सूपर मॉडल की पर्सनैलिटी चेहरे पर गजब का attitute ,स्ट्रॉन्ग डार्क औरा,एक बोहोत हीआकर्षक चेहरा उसपे वो काली डरावनी लाल आंखे जिनमे एक खौफनाक खामोशी छाई थी , एक कान मैं ब्लैक डायमंड स्टड्स जो उसके लुक को और खतरनाक बनाता था ,ब्लैक कैजुअल ब्लैक पैंट एंड शर्ट मैं बड़े रोब से चलता हुआ नीचे आया ओर ठीक राणा जी, के सामने वाली चेयर पर बैठ गया।

उसके आते ही डाइनिंग टेबल पर एक अलग ही खामोशी छा गई तभी तेजस्वी जी, आहार्य आपको पता है ना आज हम सब कहा जा रहे है, यह सुनते ही आहार्य के हाथ जो जूस को उठाने वाले थे रुक जाते है और वो अपनी काली गहरी आंखों से क्यूरियस वे मैं अपनी दादी सा को देखने लगते है ।

तेजस्वी जी आगे कहती है ,हमारा मतलब की आज हम आपके लिए लड़की देखने जा रहे है और आपको भी हमारे साथ चलना है यह सुनते ही आहार्य के एक्सप्रैशन चेंज हो जाते है एक पल के लिए तो सबकी सास अटक जाती है ,

राणा सिंह जी कहते है , आहार्य अब आपका कोई बहाना नहीं चलेगा अब आपको शादी करनी पड़ेगी आप ऑलरेडी सत्ताइस साल के हो गए है और इस साम्राज्य को उनकी कुंवर रानी सा चाहिए। आपको हमारे दोस्त

की पोती से शादी करनी पड़ेगी यह हमारा आखिरी फैसला है और हम आज ही सिरोही जा रहे है अपनी पोता बहु को देखने और आप भी हमारे साथ चल रहे है।

अहार्य कुछ नही कहता बस सबको ठंडी नजरो से देखता है जिन्होंने उससे बिना पूछे उसकी शादी किसी अंजान लड़की से ते कर दी है और डाइनिंग टेबल से उठके सीढियों से होता हुआ अपने कमरे मैं चला जाता है ।

राणा सिंह कहते है सब अपना खाना खाइए उनका behavior किसी से छुपा नही है सब अपने खाने मैं लग जाते है ।

आकाश धीरे से अपनी बहन मोनी से , यार भाई सा इतने अकड़ू , गुस्सैल है हम लोग उनको बस डाइनिंग टेबल पर झेल नही पाते है। "" होने वाली भाभी सा "" पूरी लाइफ कैसे झेलेंगी।

मोनी कहती है भाई सा आप सही है हम तो सोच सोच के ही पागल हो रहे है भाई के साथ पूरी लाइफ कोई कैसे बीता सकता है वो लड़की जरूर सुपर वूमेन होगी नही नही वंडर वूमेन तभी आकाश उसके सर पर टपरी मारते हुए वंडर वूमेन की सेक्रेट्री ख्यालों की दुनिया से रियलिटी मैं अजाओ ।

तभी मानसी दोनो को इशारे मैं ""क्या नया प्लान बना रहे हो आप दोनो मुझे भी बताओ""।

आकाश इशारे मैं बाद मैं बताते है ,राणा सिंह जी की आवाज सबके कानो मैं पड़ी डाइनिंग टेबल पर हमे बाते पसंद नहीं शायद आप लोगो को सजा मिले काफ़ी समय हो गया तीनों मुंह नीचे करके अपना खाना स्टार्ट कर देते है।

ऊपर आहार्य के कमरे मैं ,

आहार्य शावर के नीचे गुस्से से खड़ा था , शायद अपने गुस्से को काबू करने की कोशिश कर रहा था, पानी मैं भीगता उसका कसा बदन उसके एट पैक एब्स, माथे पर बिखरे उसके गीले सिल्की बाल एक कान मैं ब्लैक डायमंड स्टड्स जो पानी से और ज्यादा शाइन कर रहा था। वो अपने हाथ दीवार पर लगातार मारते हुए,क्यू क्यू आप लोग नही समझते हमे शादी नही करनी हम नही चाहते हमारे गुस्से से हम किसी

बेगुनाह की लाइफ खराब करदे हम नही आने दे सकते अपनी इस ब्लैक एंड व्हाइटर लाइफ मैं किसी को हमारे इतने दुश्मन है जो यह घात लगाए बैठे है की कब उन्हें मौका मिले और वो हमे मौत के घाट उतार दे और हमे नही रखनी कोई कमजोरी अपनी जो हमे कमजोर कर सके हमे नही बंधना इस बंधन मैं। हमने उन्हें अपनी आंखो से सामने मारते हुए देखा है । अब हम किसी से कोई रिश्ता नहीं रखना किसी से भी ।

थोड़ी देर बाद बाथरूम का डोर ओपन होता है और आहार्य एक ब्लैक टॉवल अपने सेक्सी कमर पर रैप करके बाहर आता है और क्लोसेट मैं चला जाता है ।

कुछ देर बाद वो ब्लैक शर्ट एंड ब्लैक पैंट हाथ मैं ब्लैक ओवर कोट लेकर बाहर आता है । मिरर मैं खुदको देखता है आंखे अभी भी आग बरसा रही थी गुस्से से फिर भी वो अपने दादा सा का कहा नही टाल सकता था , उसे वहा जाना ही होगा अपने बालो को सेट करता है और वॉच पहन के अपना फोन एंड कोट लेकर नीचे चला जाता है।

नीचे सब उसी का इंतेजार कर रहे थे उसके आते ही सब कार मैं जाके बैठ जाते है ।

आहार्य भी अपनी कार मैं जाकर बैठ जाता है और गाड़ियों का काफिला अपनी मंजिल यानी की आहार्य की कुंवर रानी सा के पास निकल पड़ती है ।

दूसरी तरफ सिरोही, राजस्थान

एक आलीशान महल जो पुश्तैनी था... वहा बोहोत ही खुशी भरा माहौल था हो भी क्यों ना आज इस घर की इकलौती राजकुमारी का रिश्ता जो होने वाला था।

आलीशान हॉल मैं भवानी सिंह राजपूत जो की इस हवेली के मुखिया और सिरोही के राजा थे। वो अपने परिवार सहित हॉल मैं बैठके अपने जिग्री यार का बेसब्री से इंतजार कर रहे थे । जिससे आज उनकी दोस्ती रिश्तेदारी मैं बदलने वाली थी !

उन्ही के पास उनका बेटा शिवराज सिंह राजपूत और पोता शिवाय सिंह राजपुत बैठे थे ।

शिवराज जी ने अपने बाबा को इतना बेसब्र देखा तो हस्ते हुई बोले बाबा सा से बोले, बाबा सा आते ही होंगे वो लोग आप सब्र रखिए।

शिवाय के चेहरे पर नाखुशी के भाव थे वो अपने दादा और बाबा सा से कहता है आप लोगो को उनकी शादी की इतनी जामल्दी क्या है वो घर वो इतनी छोटी है आप उनकी जगह कीर्ति का रिश्ता क्यू नही कर देते अपने दोस्त के पोते से!

यह सुनके भवानी सिंह के चेहरे पर एक घबराहट और न खुशी के भाव आ गए और उन्होंने टेश से कहा इस घर के करता धर्ता हम है आप अभी इतने बड़े नही हुए है जो हमारे फैसला के खिलाफ जा सके उनकी शादी करनी जरूरी है क्यू यह किसी से छुपा नही है यह बात सुनके शिवाय भी चुप हो जाता है और किसी सोच मै गुम हो जाता है।

तभी वहा एक अधेड़ उम्र की लेकिन खूबसूरत जिसने राजपूतानी पोशाक पहन रखी थी और उन्ही के साथ दो और औरते जिन्होंने सुंदर बनारसी साड़ी पहनी थी , यह कोई और नही भवानी राजपुत की धर्म पत्नि रोहिणी सिंह राजपुत है और उनकी बहु मेघा और बेटी सौदामिनी सिंह थी!

रोहिणी सिंह जी बोली, कब तक पोहचेंगे वो लोग कुछ बात हुए उनकी बात पर शिवराज जी बोले मां बस आते ही होंगे अभी हमारी बात हुई है ।

सारी औरते फिर घर के नौकरों को इंस्ट्रक्शन देने लगती ही जो महल को सजा रहे थे ।

महल के सेकंड फ्लोर पर एक कमरा जो दिखने मैं किसी fairytale जैसा था जैसे उसे किसी महलों की राजकुमारी के लिए बनाया गया हो वही पर एक लड़की अपने से उम्र मैं थोड़ी बड़ी लड़की की गोद मैं सर रख कर सिसक रही थी ।

वो लड़की कहती है" प्रेगती भाभी हमे यह शादी नही करनी हम घर मैं सबसे छोटे है और अभी तो हमारी कॉलेज लाइफ स्टार्ट होने वाली थी दादा सा हमारी शादी इतनी जल्दी क्यों करा रहे है यह कहके वो और ज्यादा सिसकने लगती है ।

उसकी भाभी यानी प्रगति उसका चेहरा अपने गोद से उठा उसके प्यारे से चेहरे को अपने हाथो मैं समेत के कहती है ,इत्ती वो हमारे बड़े है जो भी करेंगे हमारे अच्छे के लिए करेंगे तुम अब यह रोना धोना छोड़ो और जाओ जल्दी से फ्रेश होकर आओ!

2

तीन तिगाड़ा की आंखो मैं तो अपनी होने वाली भाभी को देखने

सिरोही,

इत्ती का कमरा,

इत्ती सुबकते हुए अपनी भाभी मां की गोद से उठती है और वाशरूम चली जाती है। प्रेगति एक गहरी सास लेकर इत्ती के लिए कपड़े निकालने लगती है,

कुछ देर बाद इत्ती वाशरूम से बाहर आती है उसने एक वाइन कलर का bathrobe रैप कर रखा था जिसमे वो एक दम जैसमिन के फ्लावर्स जैसी लग रही थी ,

प्रगति उसको कपड़े देती है और चेंज करने का बोलती है कपड़े देख कर इत्ती का मुंह बुरी तरीके से बन जाता है क्योंकि वो एक अनारकली व्हाइट चिकन करी सूट था । उसे ऐसे ताम झाम वाली चीजे बिलकुल नहीं पसंद थी । उसे सिंपल एंड कॉम्फी क्लोथ्स ज्यादा पसंद थे।

उसकी शक्ल देख कर प्रेगरी हस्ती हुई कहती है , इत्ती आपको यह पहनना पड़ेगा दादी सा ने दिया है, यह सब सुनकर तो इत्ती गुस्से मैं फूल कर और गुब्बारा हो गई और रूठी हुई आवाज मैं बोली हां शादी भी हम ही करे ऐसे ताम झांम भी हम करे।

हमे सब पता है हमने बचपन से आज तक जितनी भी शेतानिया की है उसको आप लोग एक साथ हमसे बदला ले रहे हो यह कहके वो रूठे हुए बच्चे की तरह उस ड्रेस को लेकर पर पटकते हुए क्लोसेट रूम मैं चली जाती है ,उसकी इतनी cute हरकत पर प्रेगती को हसीं आ जाति है और वो जोर जोर से हंसने लगती है।

इत्ती क्लोसेट से चिल्ला कर आपको बहुत हसी आ रही है भाई सा से कहके आपको मायके भिजवाना पड़ेगा तब याद करती रहेंगी आप हमे और भाई सा दोनो को ।

कुछ देर बाद,

इत्ती क्लोसेट से बाहर आती है प्रेगती की नजर जब उस पर जाति है तो एक सेकंड तो वो उससे नजर ही नहीं हटा पाती है व्हाइट चिकन कारी सूट मैं उन्नीस साल की टीनएजर इत्ती बिलकुल व्हाइट fairy जैसी लग रही थी ।

प्रेगति उसको ड्रेसिंग के आगे बैठती है और उसकी लंबे ब्राउन wavy hairs जो की उसकी कमर के नीचे तक थे उसकी ड्रायर से सुखा कर खुला छोड़ देती है, और उसकी बड़े बड़ी भूरी आंखो पर काजल और बड़ बड़ी पलको पर मशकरा लगा देती है जिससे उसकी कजरारी आंखे और भी ज्यादा दिलकश लगने लगती है ।

उसके plumpy red cherry जैसे lips par halka सा red tint जिससे उसके rosy lips और ज्यादा shine कर रहे थे

माथे पर व्हाइट स्टोन बिंदी जो उसकी खूबसूरती को और ज़्यादा compliment कर रही थी । और साइड मैं दुपट्टा pin up कर देती है जो की लाल रंग का था।

प्रेगति एक बार इत्ती को जी भर के निहारती है लग ही रही थी वो बला की खूबसूरत छोटा सा प्यारा सा गोल चेहरा जो मलाई जैसा सॉफ्ट था उसपे उसकी वो केसरी रंगत ऐसा लगता था दूध मैं किसी ने केसर

मिला दिया हो । ना ज्यादा मोटी ना ज्यादा पतली हल्की सी चबी सी cute सी प्यारी सी लड़की थी इत्ती जिसके गालों पर पड़ते dimple उसको और cute बनाते थे। इत्ती अपने आपको एक बाप मिरर मैं देखती है और उसके होठों पर दिलकश मुस्कान बिखर जाती है और वो एक आई wink करके खुदसे कहती है not bad इत्ती।

प्रेगति उसके सिर पर मार कर अभी तो रो रही थी यह nhi पहनना इसपर इत्ती कहती है ,"" ohho भाभी सा भला कोन लड़की खूबसूरत देखने के बाद खुदको कॉम्प्लीमेंट नही करती और मैं तो हू ही इतनी प्यारी। और हसने लगती है इसी के साथ साथ प्रेगती भी।

नीचे हॉल मैं , सब आपस मै बात कर ही रहे थे की एक के बाद एक गाड़ियां की आवाज आने लगती है एक बॉडीगार्ड आता है और सर झुका कर राजा सा सभी मेहमान आ गई है भवानी सिंह यह सुनके अपनी लाठी लेकर खड़े होते है और बाहर जाते है ,उन्ही के साथ साथ शिवराज जी और शिवाय भी ।

सभी औरते पूजा की थाल तयार करने चली जाती है,

बाहर एक के बाद एक गाड़ियों का काफिला आकार महल के बाहर आकर रुकता है और पहले बॉडी गार्ड cars से निकल कर एक लाइन मैं खड़े होके अपनी अपनी position ले लेते है ।और एक बॉडी गार्ड आगे आकर एक कार का दरवाजा खोलता है और उसमे से राणा सा और उनकी पत्नी उनके दोनो बेटे और बहुएं बाहर निकलते है

और दूसरी गाड़ी से आकाश ,मोनी ,मानसी एक दूसरे से किसी बात पर बहस करते हुए निकलते है।

राणा सिंह जी उन तीनो को अपनी तीखी निगाहों से देखते है जैसे के रहे हो "" behave "" तीनो दर के मारे सर झुका लेते है।

आखिर मैं एक बॉडी गार्ड एक पोर्श कार का गेट खोलता है और साइड मैं खड़ा होकर सर झुका लेता है।

उसमे से आहार्य सिंह आंखो पर ब्लैक शेड्स एंड अपने कोट के बटन को बंद करते हुए अपने expression less चेहरे के साथ बाहर आते है।

सबकी नजर उसपर ठहर जाती है, भवानी सिंह जी और शिवराज सिंह जी की आंखो मैं उसके लिए गर्व था

शिवाय के चेहरे पर इस शादी के लिए नाखुशी थी फिर भी वो चुप रहता है।

भवानी सिंह जी और राणा सिंह की एक दूसरे को गरम जोशी से गले लगाते है और कहते है स्वागत है मेरे यार और होने वाले समधी जी इसी के साथ सबके चेहरे पर मुस्कान आ जाति है और सब मिलकर अंदर आते है ।

रोहिणी सिंह जी सबकी आरती करती है आहार्य को इन सबसे irritation हो रही थी बट वो अपने से बड़ों की disrespect नही कर सकता था इसलिए वो यह सब tolerate करता है।

सब हॉल मैं आकर बैठ जाते है सबके चेहरे पर खुशी एक्साइटमेंट थी शिवाय आहार्य के वो सिंगल सीटर सोफा पर बैठके अपने फोन मैं mails check कर रहा था उसे duniya जहा की gossip से कोई मतलब नहीं था।

और तीन तिगाड़ा की आंखो मैं तो अपनी होने वाली भाभी को देखने की excitement थी।

रोहिणी जी अपनी बहु के कान मैं बोलती है बहु जाइए जाकर इत्ती को ले ले आइए , मेघा जी सिर हिलाकर ऊपर इत्ती के कमरे की तरफ चली जाती है !

3

तो इनका नाम इत्ती है तभी तो यह इत्ती सी है छोटी सी भाभी सा".....

इत्ती का रूम,

मेघा जी जैसे ही रूम का दरवाजा खोलती है चौंक जाति है उनके सामने इत्ती खिड़की पर अकेली बैठी चॉकलेट खा रखी थी जिसको उसने अपने होठों के आस पास भी लगा लिया था और खिड़की पर बेडशीट लटकी हुई थी

मेघा जी जल्दी से इत्ती के पास जाकर, इत्ती बेटा यह तुमने अपना क्या हाल बना रखा है और बेडशीट की तरफ देख कर जो खिड़की से लटकी थी """यह सब क्या है ।

इत्ती चॉकलेट खाते हुए कैज़ुअली, वो मासा मेने यह एक नोवेल मैं पढ़ा था उसमे ऐसे ही जब लड़की के घर वाले उसकी जबरदस्ती शादी कराते है तो वो ऐसे ही भाग जाति है खिड़की से कूद कर ।

मेघा जी इत्ती को घूर कर देखती है इत्ती सकपका जाति है और फिर उदास होते हुए कहती है नोवेल मैं तो कितना easy लग रहा था बट रियल मैं कितना tough है अगर मैं यहां से नीचे जाऊंगी तो पक्का मेरी टांगे टूट जाएगी इसलिए मेने यह प्लान drop कर दिया , कितनी intelligent हू ना मैं यह कहके मासूम सा फेस बना लेती है और अपनी eyes blink करने लगती है।

और सोचने लगती है कुछ देर पहले जब प्रेगती अपने रूम मैं fresh होने गई थी तो इत्ती के दिमाग मैं एक खुराफात आई की जैसे स्टोरीज और novels मैं होता है की हीरोइन अपनी शादी से बचने के लिए खिड़की से नीचे कूद कर भाग जाति है यह सोचते ही वो बहुत excited हो गईं और bedsheet को as a rope यूज किया लेकिन जब उसने खिड़की से नीचे तक की ऊंचाई देखी तो उसकी सारी excitement धरी की धरी रह गई और उसकी सिट्टी पिट्टी गुम हो गई उसने मुंह बनाते हुए सोचा की गिरने से अच्छा तो शादी वाला प्लान है और वही खड़ी होके खुन्नस से अपनी फेवरेट चॉकलेट खाने लगी ।

मेघा जी जब उसके मासूम से फेस को देखती है तो उनका दिल पिघलता हुआ सा महसूस होता है । लेकिन वो अपने इमोशंस को कंट्रोल करते हुए उसके कान खीच कर कहती है""कितनी बार कहा है तुमसे ऐसे ऊट पटांग novels मत पढ़ा करो ।

इसी के साथ इत्ती अपनी ख्वाबों की दुनिया से बाहर आती और अपने कान छुड़वाते हुए मुंह फूला कर बोली मासा आप सब मिलकर हम पर जुल्म कर रहे है आप भी जालिम सास की तरह हमे परेशान कर रही है।

हम किसी से बात नही करेंगे यह कहके वो अपने क्वीन साइज bed पर जिद्दी बच्चे की तरह पसर जाति है ।

मेघा जी हस्ते हुई tissue लेकर उसके फेस को साफ करती है और उसकी नजर उतार कर बहुत प्यारी लग रही है हमारी बच्ची, चलो अब नीचे लड़के वाले आ गए है।

यह सुनकर इती एक दम से alert हो जाति है और अपना detective दिमाग लगाते हुए कहती है,"" कही आप सब मिलकर हमारी शादी किसी बूढ़े राजा से तो नहीं करा रहे हो,फिर खुद्से जवाब देते हुए"", अगर ऐसा हुआ तो हम हमारे फ्रेंड्स को क्या मुंह दिखाएंगे, और उनके सौतेले बच्चें जो उम्र मैं हमसे भी बड़े होंगे हमे मां सा मां सा कहेंगे।

इसी के साथ उसे अपनी सहेलियों का चेहरा दिखता है जो उसके ऊपर हस रही थी इसी के साथ वो तेजी से चिल्लाती है ,नही –नही हमे बुद्धा नही चाहिए और मेघा जी का हाथ पकड़ कर मासा हम अब से कोई शैतानी नही करेंगे हमे बूढ़े से शादी नही करनी ।

मेघा जी को अपनी ड्रामेबाज बेटी की इन सब ड्रामेबाजी की आदत थी वो उसके सर पर चपत मारते हुए फालतू की चीजे पढ़ना बंद करदो पता नही खुदमे क्या क्या imagine कर लेती हो ।

चलो अब नीचे इतनी देर मैं प्रेगती भी आ जाती है और दोनो मिलकर इती को नीचे ले जाते है ।

सीढियों से होते हुए वो लोग नीचे आते है पायल की आवाज सुनकर सब लोग की निगाह ऊपर की और उठ जाति है और सबके फेस पर स्माइल आ जाती है।

आहार्य जो की अपने फोन मैं देख रहा था न चाहते हुए भी उसकी नजर भी उस और चली जाती है और सबसे पहले उसे इती के plumpy lips दिखते है उसके मन मैं एक ख्याल आता है ""cherry "" और फिर वो उससे अपनी नजरे फेर कर वापस अपने फोन मैं देखने लगता है ।

इती नजरे झुकाए चल रही थी जो की उसके personality की विपरीत था normal days मैं वो उछलती हुई आती और अपने दादा सा की पीठ पर लटक जाति। लेकिन मासा ने उसको सबके सामने कैसे पेश आना है यह ऊपर समझा दिया था ,की how to look sanskari when you are not इती इसी को फॉलो कर रही थी।

उसके मन मैं एक ही बात चल रही थी की वो एक एलियन है तभी सब उसे घूर घूर के देख रहे है।

तीनो हाल मैं सोफा के पास आते है खुराफाती इत्ती सोचती की क्यू ना मैं एक बार चुपके से सबको देखलु वो अपने एक आंख उठाके हल्की नजर से ऊपर देखती है तो उसकी नजरे सीधे सामने बैठे आहार्य की नजरो से जा मिलती है जो इस वक्त उसे ही आंखो मैं इंटेंसिटी लिए और अपने staight face के साथ देख रहा था ।

इत्ती अपने सामने बैठे डरवाने औरा वाले आदमी और उसके expressiona देख डर जाति है और जल्दी से अपनी भाभी मां के पीछे छुप जाती है1
उसके इस एक्शन से आहार्य की नजरे उस पर और तीखी हो जाति है और वो उसे अपने straight face के साथ देख कर मन मैं सोचता है "" यह पिद्दी सी लड़की मुझे देख कर रिएक्ट तो ऐसे कर रही है जैसे मैं कोई राक्षस हू """ और उसे घूरने लगता है । लेकिन कही न कही इत्ती की इतनी cute हरकत उसके सोए हुए बेजान दिल की गहराइयों मैं उतर गई थी । लेकिन फिर वो उससे नजरे फेर कर अपने फोन मैं देखने लगता है।

इत्ती जब प्रेगती के पीछे से अपना हल्का सा सिर निकाल के देखती है की अब वो उसे नही देख रहा है तो वो चैन की सास लेती है।

इत्ती की इतने cute gesture से सबके चहरे पर हसी खिल जाती है।

लेकिन तीन तिगाडा के मन मैं तो यह चल रहा था की उनकी भाभी तो अभी एक छोटी सी बच्ची है जो भाई सा को देख कर ही डर गई उनके साथ पूरी लाइफ कैसे रहेंगी तीनो एक दूसरे की तरफ देखते है और एक साथ सिर हिला देते है । जैसे कह रहे हो जो में सोच रहा/रही हु तुम भी वही सोच रहे हो ना।

राणा सा तीनो की तरफ तीखी निगाह से देखते है और अपनी नजरो से ही warn करते है की """behave""" तीनो उनकी warning समझते हुए सर झुका लेते है।

मेघा जी और प्रेगती इत्ती को सोफा पर लाकर बिठाते है इत्ती तो आहार्य की नजरो से ही इतना डर गई थी की वो सर झुका के चुपचाप एक कोने मैं खिसक कर बैठ गई ।

रोहिणी जी सबसे इत्ती को मिलवाते हुए कहती है"" यह है हमारे घर की और सिरोही की राजकुमारी इत्ती सिंह राजपुत""" ।

यह सुनकर आकाश के मुंह से अचानक निकलता है """ohh! तो इनका नाम इत्ती है तभी तो यह इत्ती सी है छोटी सी भाभी सा"""यह सुनके सबकी नजर आकाश पर चली जाती है और राणा सा तो बस अपने गुस्से को कंट्रोल करके उसको घूरते है।
अगर वो घर पर होते तो अब तक आकाश को अपनी लाठी का स्वाद चखा चुके होते। आकाश सबको अपनी तरफ देखता पाकर सकपका जाता है।

लेकिन इत्ती वो तो गुस्से से फूल जाति है उसे बचपन से अपना नाम नही पसंद था वो ताव मैं खड़ी होती है और अपनी कमर पर हाथ रख कर आकाश को देख कर कहती है , आप ऐसे हमे इत्ती सी भाभी सा नही कह सकते है हम पूरे 19 साल के है ।
और फिर अपने घर वालो को गुस्से से घूरती है जैसे कह रही हो ""देखा आप सबने यह भी हमारा मजाक बना रहे है। इस टाइम तो एक दम cute little tigress लग रही थी जो आकाश को अपना पंजा मार कर उसको सबक सिखाएगी ।

सब उसको देखने लगे आहार्य की नजरे भी उस पर टिक गई इस टाइम उसे अपनी सामने खड़ी यह पिद्दी सी लड़की बोहोत एंटरटेनिंग लग रही थी। जब इत्ती ने आहार्य और बाकी सबको अपनी तरफ देखता पाया तो छोटी टाइग्रेस भीगी बिल्ली बन कर सोफा के कोने मैं चिपक कर बैठ गई।

उसकी इस हरकत से तो आहार्य के फेस पर भी एक ना दिखने वाली स्माइल आग गई। जिसे उसने अपने एक्सप्रेशन less face के पीछे छिपा लिया लेकिन तीन लोगो को तो जैसे सदमा लग गया वो थे आकाश ,मोनी,मानसी उन्होंने पहली बार अपने भाई सा को स्माइल करते देखा

था उन तीनो की नजरे एक दूसरे से मिली और उन्होंने हां मैं सर हिला दिया जैसे एक दूसरे की confirmation ले रहे हो।

रोहिणी जी,बात घुमाने के लिए इत्ती को चाय का कप देती है आहार्य को देने के लिए इत्ती उन्हें मासूम नजरो से देखती है जैसे कह रही हो मुझे नही जाना उस dangerous इंसान के पास रोहिणी जी उसे आंखे दिखाते है ।

इत्ती हिम्मत करके वो कप लेकर अपनी नजरे झुकाते हुए आहार्य के पास धीरे कदमों से जाति है उसके हाथ भी कांप रहे थे।

आहार्य का ध्यान तो फोन पर था पर वो उसके हर एक्शन को नोटिस कर रहा था लेकिन तभी इत्ती का पैर उसके दुपट्टे मैं फस जाता है और उसके हाथ से चाय का कप छूट कर.........

4

क्या आप dumb हैं और मुझसे शादी करके मुझे अपनी आवाज बनाना चाहते है ....

आगे,

इत्ती का पैर उसके दुपट्टे मैं फस जाता है और उसके हाथ से चाय का कप छूट कर सीधा जमीन पर दूर जाकर गिरता है और इत्ती सीधे आहार्य की गोद में लैंड करती है ।

सब यह देखकर पहले तो शॉक्ड हो जाते है की अचानक हुआ किया लेकिन फिर घबरा जाते है..... क्युकी आहार्य का पूरा परिवार जानता था की आहर्ये को हर चीज perfect चहिए और वो कभी किसी की imperfect हरकतों को टॉलरेट नही करता और किसी के क्लोज आना तो दूर वो किसी से सीधे मुंह बात तक नहीं करता और इत्ती ने तो इतना बड़ा blunder किया और फिर सीधे आहार्य की गोद में लैंड कर गई।

राणा सिंह शिवराज जी और शिवाय भी बिज़नेस वर्ल्ड मैं होने के नाते उन्हें भी आहार्य सिंह राजपुत के बारे मैं पता था वो भी इत्ती के लिए घबरा जाते है ।

इत्ती की घर की औरते इत्ती की बेवकूफी पर ना मैं सर हिला देते है क्युकी गिरने पड़ने की आदत उसे बचपन से थी ।

वही तीन तिगड़ा तो इस सीन वो आंखे फाड़ कर देख रहे थे जैसे यह कोई सस्पेंस मूवी हो और वो आगे जानने के लिए curious हो।सबके दिमाग मैं अलग अलग बात थी लेकिन expression सबके सेम थे सबके फेस पर curiosity थी की आगे क्या होगा।

लेकिन यहां तो कुछ अलग ही सीन था इत्ती का दिल जोरो से धड़क रहा था romantic feelings से नही डर से उसे तो ऐसा लग रहा था जैसे उसे किसी शेर ने अपने पंजों मैं दबा रखा हो और अगले ही पल कभी भी उसका शिकार कर देगा । वो आंखे बंद करके चुप चाप अर्थ की गोद मैं बैठी थी और डर से कांप रही थी उसके तो सेंसेज ही काम नहीं कर रहे थे।

वही आहार्य को किसी से कोई फर्क नहीं पड़ रहा था की इतने सारे लोग सेम एक्सप्रेशन से उन्हें घूर रहे है, वो तो बस एक टक अपने staight face के साथ अपनी गोद मैं बैठी cute Little bunny Ko देख रहा था।

उसकी नजरे सिर्फ उसके थरथराते plumpy होंटो पर थी उसके मन मैं बस एक ही ही वर्ड आया ""चेरी"""। उसके फेस से यह बता पाना मुस्किल था की वो उसे नफरत से घूर रहा था या प्यार से लेकिन इत्ती को अपनी गोद से उठने को कहने का उसका कोई mood नही लग रहा था।

शिवाय से जब और बर्दास्त नही हुवा तो वोह जल्दी से जाकर इत्ती को आहार्य की गोद से उठा देता है यह सोचके की इससे पहले आहार्य उसकी कीमती बहन को उठा के फर्श पर ना फेंक दे।

इत्ती भी जल्दी से अपने सेंसेज मैं वापस आती है और शिवराज के पीछे छुप जाती है जैसे उसको नया जीवन मिल गया हो । और अपनी बढ़ती सांसों को control करती है।
लेकिन आहार्य के expression थोड़े चेंज हो जाते है जैसे उसको शिवाय की यह हरकत पसंद न आई हो ।

फिर वो नॉर्मल होकर बैठ जाता है उसके चेहरे को देख कर ऐसा लग रहा था जैसे कुछ हुआ ही नहीं है ।

यह देखकर सबको बहुत हैरान हुई और वो लोग भी नॉर्मल होकर बैठ गए जब आहार्य सिंह को कोई प्रोब्लम नही तो उन्हें क्या होगी वो तो बल्कि खुश थे की"""" the aaharye singh rajput"" ने मासूम इत्ती को उठा कर फेंका नही ।

लेकिन तीन तिगाड़ा के चेहरे पर disapointement आ गई उन्हें लगा कुछ थ्रिल होगा ।

सब अपनी जगह बैठ गए इत्ती भी अपनी गर्दन किसी कछुए की तरह नीचे धसा के बैठ गई जैसे ऐसा करने पर वो किसी को दिखेगी नही।

राणा सिंह जी ने इस awkward situation से निकलने लिए कहा की अब जिस काम के लिए आए है वोह तो करले"""" आप लोगो की इजाज़त हो तो हम इत्ती बेटा को हमारे घर की बहु और जयपुर की कुंवर रानी सा बनाना चाहते है""""

भवानी सिंह जी हस्ते हुए बोले आप यह कैसी बात कर रहे है इत्ती अब आपकी पोती है।

उनकी यह बात सुनकर राणा सिंह जी की पत्नी तेजस्वी सिंह बोली, हां रस्म कर लेते है ताकि इन दोनो का रिश्ता पक्का हो जाए ।

और फिर वोह आहर्य की तरफ मुड़ती है और कहती है ,"आहार्य आप इत्ती के पास आकर बैठ जाइए"" यह सुनकर तो इत्ती की सिट्टी पिट्टी एक बार फिर से गुल हो जाति है और वो एक दम सावधान की position में अपनी नजरे झुका कर बैठ जाती है।

आहार्य single sitter sofa से खड़े होकर आपने फोन को पॉकेट में डालते हुए इत्ती की तरफ अपने कदम बढ़ा देता है उसके हर कदम के साथ इत्ती का फेस इत्तू सा होता जा रहा था।

और वो सोफा के कोने में खिसकती जा रही थी जबकि वो ऑलरेडी बिलकुल कोने में चिपकी थी।

आकाश यह देख कर बोला ,""छोटी सी भाभी सा अगर वैसे तो आप इत्ती सी है ""लेकिन फिर भी अगर आपके लिए वो सोफा कम पड़ रहा है तो आप अपने पास वाली जगह पर इशारा कर के यहां बैठ जाइए हम बुरा नही मानेंगे ।

उसकी इस बात पर इत्ती नाक फूला कर उसे देखती है , और राणा सिंह जी इस expression साथ की घर चलिए आप , और आहार्य अपने ठंडी ब्लैक और डरावनी आंखो से उसे एक नजर देखता है उसकी एक नजर ही काफी थी उसके रोंगटे खड़े करने के लिए ,लेकिन उसे इत्ती और दादा सा का तो समझ आता है लेकिन उसके भाई सा उसे क्यों घूर रहे ।

आहार्य आकर इत्ती के पास बैठ जाता है और इसी के साथ इत्ती की सास भी धीरे हो गई उसे डर था की कही उसकी तेज़ चलती सांसों से disturb होकर उसके पास बैठा यमराज उसकी सांसे न छीन ले ।

सबके फेस पर स्माइल आ गई, सबसे ज्यादा एक्साइटेड तो मोनी आकाश और मानसी थे , शिवाय खुश तो नही था लेकिन वो मजबूरी में चुप था ।

तेजस्वी जी प्यार से इत्ती के सर पर चुन्नी उठाने जा रही होती है लेकिन तभी समझदार इत्ती के इत्तू से दिमाग में एक बात आती है और उसकी आंखे नॉर्मल से बड़ी हो जाति है और उसका सारा डर गायब हो जाता है वोह एक दम से खड़ी होती है और आहार्य की तरफ मुड़ कर कहती है,"""क्या आप dumb हैं और मुझसे शादी करके मुझे अपनी आवाज बनाना चाहते है ।

उसकी बात सुनके तो सबके दिमाग में एक short circuit सा होता है और सबकी नज़रे एक साथ आहार्य पर टिक जाती है।

5

"आपकी ज़रूरत वहा नही यहां है".....

अब आगे,

सब आहार्य की तरफ देख रहे थे, आहार्य के चेहरे के एक्सप्रेशन जरा भी नहीं बदले ,उसने इत्ती का एक हाथ पकड़ा।

यह देख कर तो सबकी सांसे अटक गई की कही आहार्य गुस्से मै इत्ती का हाथ तो नही तोड़ने वाला है।

इत्ती तो फिर से अपने सेंसेज खो चुकी थी लेकिन उसका शरीर जरूर कांप रहा था ।

कोई कुछ कह या कर पाता आहार्य ने इत्ती को झटके से खींच कर अपनी गोद मैं बिठा लिया यह देखकर तो सबके मुंह खुले के खुले रह गए, जो जहा था वो वही जम गया।

आहार्य की नजरे सिर्फ इत्ती पर थी उसने बोहोत gently उसके बाल कान के पीछे किए ,इत्ती का तो रोम रोम कांप गया ।

एक तो वो पहली बार वोह किसी आदमी के इतने ज्यादा नजदीक आई थी, क्युकी हमेशा से वो गर्ल्स स्कूल मैं पढ़ी थी वहा का स्टाफ भी फीमेल था, बस उसके भाई सा ,दादा सा,और बाबा सा यही तीन आदमी उसकी दुनिया मैं है रोमांटिक फीलिंग का तो उससे दूर दूर तक कोई लेना देना नही था।

दूसरा उसके सामने बैठा आदमी इतना खतरनाक लग रहा था इती को ऐसा महसूस हो रहा था की उसके सामने खड़ा क्रूर राक्षस जिसको उसने अभी अभी dumb बोला था वो सजा के तोर पर उसकी ज़बान कांटने वाला है।

आहार्य ने इती के चेहरे से नजरे हटा कर तेजस्वी सिंह जी की तरफ अपनी निगाहे घुमाई और अपनी डीप और रुड but चार्मिंग वाइस में बोला ,""" रस्म शुरू करिए""।

और वापस इती के चेहरे पर अपनी निगाहे कर ली, उसकी आवाज सुनके तो इती के दिल दिमाग के तार एक साथ झन्ना गए , और जब उसने अहार्य को अपनी तरफ देखता पाया तो जल्दी से अपना सर झुका लिया।

आहार्य की आवाज जब सबके कानो मैं पड़ी तो तो सबकी रीढ़ की हड्डी तक ठंडी हो गई ।

तेजस्वी जी जल्दी से रस्म की थाल लेकर जल्दी से उनकी तरफ आई और बाकी सबने मैं चैन की सांस ली।

आकाश मोनी और मानसी से धीरे से , बोला हमारे भाई सा कितने अच्छे है ना उन्होंने कितने अच्छे से """छोटी सी भाभी सा की गलतफहमी दूर करदी"""मोनी और मानसी ने भी सहमति में सर हिलाया ।

लेकिन फिर आकाश बुरा सा मुंह बना कर आगे बोला लेकिन जब हम भाई सा से कुछ पूछते थे तो वो हमे ऐसे इग्नोर करते थे जैसे हम इस दुनिया मैं exist ही नहीं करते । उसकी इस बात पर भी दोनो ने हामी मैं सर हिलाया।

तेजस्वी जी उनके आगे आकर खड़ी हुई और प्यार से इती से बोली,"" इती बेटा आप अब आहार्य के बगल में बैठ जाइए इती जल्दी से आहार्य की गोद से खड़ी होने को हुई जैसे उसको यही चाहिए था।

लेकिन यह क्या अगले ही पल आहार्य ने उसकी कमर के चारो तरफ अपने सख्त मजबूत हाथो को लपेट लिया और तेजस्वी जी की तरफ देख कर कोल्ड बट चार्मिंग वाइस मैं बोला ,""" ऐसे ही करिए रस्म"""।

यह सुनके तो सब को 440 vott का शोक लग गया । लेकिन इत्ती के दिमाग मैं तो यह बात अलग ही तरह से क्लिक हुई उसे लगा कि आहार्य उसको छोटी बच्ची बोला रहा है और एक पल मैं उसका सारा डर गायब हो गया , क्युकी जब बात उसकी हाइट और बालो पर आए तो वो छोटी सी शेरनी बन जाति थी जो किसी से भी लड़ने के लिया त्यार हो ।

उसने अपना सर उठा कर आहार्य की तरफ अपने गाल फूला कर देखा जब वो गुस्सा होती थी तो उसके गाल नाक और कान हल्के लाल हो जाते थे और वो और भी प्यारी लगती थी ,।

उसने आहार्य की तरफ देख कर उससे कहा ,""" हम मानते है हमारी हाइट थोड़ी छोटी है और आपके सामने तो और भी छोटी लग रही है लेकिन आप ऐसे हमे छोटा बच्चा नहीं समझ सकते """"" यह कहकर वो अपने हाथ सीने मैं बांध कर गाल फूला कर बैठ जाती है जैसे वो सचमे बोहोत गुस्सा है ।

उसकी इस बेवकूफी पर तो सब अपना सर पीट लेते है क्युकी आहार्य को बिल्कुल पसंद नहीं था की कोई उसकी बात को काटे या उसकी बात का उल्टा जवाब दे इत्ती तो आज कांड पर कांड किए जा रही थी सब सोचते है की इस बार तो इत्ती को कोई नहीं बचा सकता और अपने दिमाग मैं यह तक सोचते है की इत्ती को बचाने के लिए उन्हें आहार्य के पैर भी पकड़ने पड़े तो वो पकड़ लेंगे लेकिन इत्ती की बचा कर रहेंगे ।

आहार्य को इत्ती इस टाइम बड़ी प्यारी और मासूम लग रही थी यह पिद्दी सी लइकी अभी उसकी जिंदगी मैं ठीक से आई भी नही और जाने अंजाने मैं उससे पंगे ले रही है ।

आहार्य उसकी बेतुकी बात को इग्नोर करता है ,और तेजस्वी जी की तरफ एक नजर देखता है उसकी नजरो से तो इत्ती की सारी हिम्मत हवा हो

जाति है जो थोड़ी देर पहले शेरनी बन रही थी वोह फिर डरपोक बिल्ली की तरह सिमट कर उसकी गोद मैं सीधी बैठ जाती है जिससे की उसका फेस तेजस्वी जी की तरफ हो जाता है ।

आहार्य का एक हाथ सोफे के हैंड रेस्ट पर था उसका बॉडी posture बोहोत ही staight और चार्मिंग था और उसकी गोद मैं लिटिल बनी इत्ती सर झुकाए बैठी थी।

तेजस्वी जी जल्दी से आकर इत्ती को एक लाल नेट की बहुत ही खूबसूरत चुन्नी उठाती है इसी के साथ सबके फेस पर स्माइल आजती है और आकाश तो whistling करने लगता है सब फिर उसे अजीब नज़रों से घूरने लगत है इस बार तो मोनी और मानसी भी उसे घूरने लगती है ।

आकाश की नजर पहले सब पर जाति है फिर राणा सिंह जी पर जिन्होंने अपनी लाठी उसे घूरते हुए तीन चार बार जमीन पर धीरे से पटकी जो साफ warning थी उसके लिए यह देखकर वो सकपका जाता और awkwardly smile करता है।,सब उसे पागल समझकर कर इग्नोर करते है।

और फिर तेजस्वी जी इत्ती को टीका लगाती है और एक मिठाई का टुकड़ा खिलाने के लिए उसके मुंह की तरफ लाती है इत्ती जब अपने नज़रे उठा कर उस मिठाई को देखती है तो उसका मुंह बन जाता और वो पप्पी आइस के साथ अपने घर वालो की तरफ देखती है ।

उसकी नजरो से से वो लोग समझ जाते है और लाचारी मैं सर हिलाते है क्युकी इत्ती खाने के मामले मैं बचपन से बोहोत choosy थी खाने में उसके बोहोत tantrums थे वो selective चीजे ही खाती थी...
तेजस्वी जी यह देखकर क्या हुआ बेटा आप खा क्यू नही रही है इत्ती उन्हें देखकर अपनी दोनो इंडेक्स फिंगर्स को आपस मै टच करते हुए बोली,"" वो वो हमे यह मिठाई अच्छी नहीं लगती"""
कोई कुछ कहता उससे पहले आहार्य जिसके नजरे इत्ती के हर एक्शन्स पर थी वो बोला ,""""" फिर क्या पसंद है आपको""।

आहार्य सिंह राजपूत जिसको किसी के जीने मरने तक से कोई फर्क नहीं पड़ता है वोह आज किसी की पसंद पूछ रहा है सबके लिए यह किसी विस्फोट से कम नही था।

आहार्य की बात सुनकर इत्ती हल्की सी आहार्य की तरफ़ tilt होती है और और अपने फेस पर million dollar की smile ke साथ कहती है ,""" हमे बेसन के लड्डू बोहोत पसंद है """।
और अपने जीभ को हल्की सी बाहर निकाल कर आपने होंटों को लिक करती है।

उसके इस cute एक्शन पर आहार्य की नजरे उसपर और इंटेंस हो जाती है। इत्ती जब उसकी इंटेंस नजरे खुद पर फील करती है तो अपने बेसन के लड्डूओ की दुनिया से बाहर आती है और फिर से सीधे बैठ जाती है।

आहार्य के चेहरे पर एक ना दिखने वाली हल्की सी स्माइल आजाती है जिसे कोई देख नहीं पाता ।

तेजस्वी जी हल्की सी स्माइल के साथ पास रखी टेबल से बेसन का लड्डू उठाती है और इत्ती को खिला देती है इत्ती भी खुशी खुशी खा लेती है।

फिर वोह थाली में एक बोहोत ही सुंदर ankelet जैसी दिखने वाली खानदानी पायल उठाती है और इत्ती को पहनाने वाली होती है की आहार्य उन्हें रोक देता है सब कन्फ्यूज हो जाते है ।

आहार्य उनसे वो पायल लेता है और इसी position में बैठे हुए हल्का सा झुक कर इत्ती के सॉफ्ट गोरे पेरो को अपने हाथो में लेता है और उसे पहना देता है।

यह देख कर तो सब बिलकुल चौंक जाते है इत्ती तो बस बुत बनी वैसे ही बैठी रहती हैं तभी वहा तेज़ी से कुछ गिरने की आवाज आती है सब चौंक कर पलट कर देखते है तो पाते है आकाश जो एक दिन में इतने shocked सह नहीं पाया था वो चक्कर खा कर नीचे गिर गया ।

सब तेज़ी से उसकी तरफ जाते है सिवाय आहार्य के इत्ती भी आहार्य की गोद से उठने को होती लेकिन आहार्य उसे उठने नही देता है यह देखकर इत्ती रोनी सूरत बना कर हकलाते हुए,""" हमे हमे जाने दीजिए उनको कुछ हो गया है """"।

आहार्य उसके गालों को हल्के से अपने हाथों से सहलाते हुए अपने होंठ उसके कान के पास ले जाते हुए अपनी चार्मिंग और हॉट वॉइस मैं धीरे से कहता है""आपकी ज़रूरत वहा नही यहां है""""।

आहार्य के होंठ हल्के से इत्ती के काम से touch होते है इत्ती के पूरे शरीर मैं झुरझुरी सी दौड़ जाति है और वो हिप्नोटाइजली अपना सर हिला देती है। आहार्य उससे दूर होकर नॉर्मल होकर बैठ जाता है जैसे कुछ हुआ ही न हो।

सब आकाश को उठा कर सोफा पर बिठाते है और उसके फेस पर पानी के छींटे मारते है आकाश धीरे धीरे अपने होश मैं आता है और जब आंखे खोल कर देखता है तो सब गोला बना कर उसे ही अजीब नज़रों से देख रहे थे वो झटके से उठकर बैठ जाता है और अपने सीने पर हाथ रख कर कहता है ,""अभी हमने इतना भयानक सपना देखा की भाई सा ने छोटी सी भाभी सा को अपनी गोद मैं बिठाया और उनको खुदसे पायल भी पहनाइ यह कह कर वो गहरी गहरी सांसे लेता है।

यह बोलते बोलते आकाश की नजर सामने जाति जहा अभी भी भी इत्ती आहार्य की गोद मैं किसी लिटिल बनी की तरफ absent mindly बैठी थी और आहार्य अपनी नजरो मैं intensity लिए इत्ती के प्यारे चेहरे को देख रहा था।

यह नजारा देखकर तो वो फिर से बेहोश होने वाला होता है की तभी मोनी उसके कंधे पकड़ कर कहती है ,""भाई सा प्लीज वापस से बेहोश मत होइएगा आप वैसे ही बोहोत भारी है शिवाय जी ने आपको अकेले उठा कर सोफा पर लिटाया है उनको दुबारा परेशानी होगी ।

यह कहकर शिवाय को ऐसे खोए हुए प्यार भरी नजरो से ऐसे देखने लगती है जैसे की शिवाय कोई सुपर हीरो हो और उसने कोई बहुत बड़ा काम कर दिया हो।

प्रेगती जब देखती है की यह लड़की उसके पति पर डोरे डाल रही है तो वो जल्दी से जाकर शिवाय का एक हाथ पकड़ कर कहती है पति देव आपके हाथ तो नही दुख रहे ना वैसे भी आकाश जी देखने में ही भारी लग रहे थे , शिवाय को तो कुछ समझ नहीं आता की हो क्या रहा है ।

प्रेगति से मुंह से शिवाय के लिया पति देव सुनकर तो मोनी अपनी ख्वाबों की दुनिया से बाहर आती है और अपने मन में कहती है जिसके साथ मेने ख्वाबों में अपना आशियाना सजाया उसका तो है पहले से है घर बसा बसाया"""। इसी के साथ उसकी 10 मिनट पहले शुरू हुई एक तरफा प्रेम कहानी का यही" the end" हो जाता है और वो अपने नकली आंसु जो आए भी नही थे उनको पोछती है।

बिचारा आकाश एक बार खुदको देखता है जिसके six pack abs, और एक हॉट बॉडी थी, जिसकी बॉडी पर लाखो लड़किया मरती है। और यह लोग इंडिरेक्टली उसे मोटा कह रहे है,""" वो मन ही मन कहता है की," क्या यह लोग अंधे है इन लोगो का भी नरक में अलग से हिसाब लिया जाएगा" ।

Australia, Sydney

एक पोर्श एरिया के एक सुंदर से bunglow में एक लड़की जो दिखने में करीब 26 साल की थी उसने एक seductive red dress पहनी थी वो अपना फोन दीवार मार कर पागलों की तरह चीखती हुई कहती है"" नही नही तुम ऐसा कैसे कर सकते हो मैं बचपन से तुम्हे पागलों की तरह प्यार करती आई हू लेकिन तुमने कभी मेरी तरफ नजर उठा कर भी नहीं देखा और आज तुम एक अनजान लड़की से अरेंज मैरिज कर रहे हो।

फिर अपने होठों पर एक कुटिल मुस्कान लाकर लेकिन तुम्हारी बीवी तो मैं ही बनूंगी कुवार सा यह कह कर वो साइको की तरह हसने लगती है।
उसी के पास में उसका असिस्टेंट सर झुकाए खड़ा था।

6

""आपको तो cute लड़कियों से बात करनी बिलकुल नहीं आती ....

सिरोही

भवानी सिंह जी का महल.....

सब बोहोत खुश थे और एक दूसरे को बधाई दे रहे थे, तीन तिगाड़ा ने तो group hug किया हुआ था सबके चहरे पर खुशी देखते बन रही थी।

इत्ती इस बार आहार्य के गोद मैं नहीं उसके साइड किसी शरीफ बच्चे की तरह सर झुका कर एक दम कोने मैं सट कर बैठी थी जैसे आज सोफे मैं छेद ही कर देगी।

आहार्य उसी के पास अपने एक पैर को दूसरे पैर पर क्रॉस करके बैठा था, और उसकी नजरे फोन पर थी उसने एक नजर इत्ती को देखा फिर बाकी सब को उसके चेहरे पर एक जंग जीतने वाली मिस्टीरियस स्माइल थी जो की बोहोत खतरनाक थी।

राणा सिंह जी ने भवानी सिंह जी से कहा ,"यार अब हमे जाना होगा बोहोत जल्द हम इत्ती बिटिया को भी यहां से अपने साथ पूरी इज्जत के साथ अपनी पोता बहु बनाकर ले जायेंगे ।

सबने एक दूसरे से इजाजत ली ।

आहार्य भी सोफे से खड़ा होता है और अपने फोन को अपनी पैंट की पॉकेट मैं डालता है।

आहार्य के खड़े होते ही इत्ती भी जल्दी से खड़ी होती है और कहती है," मैं बोहोत थक गई हूं और अपने रूम में जा रही हु और बिना किसी की सुने सीढियों से होते हुए अपने रूम मैं जाने लगती है जैसे जैसे वो भाग रही थी उसकी पायलों का शोर पूरे महल में गूंज रहा था। जो किसी म्यूजिक जितना सुरीला था।

उसको ऐसे भागता देख आहार्य के चेहरे पर एक टेढ़ी स्माइल आजती है।

आकाश इत्ती को भागता देखता है तो कहता है ,"शायद छोटी सी भाभी सा शर्मा गई , इस बार उसकी बातो पर सबको हसी अजाती है सिवाय आहार्य के वो अभी भी उसी तरफ देख रहा था जहा इत्ती गई थी ।

इत्ती भागते हुए अपने रूम मैं जाति h और गेट बंद कर अपने सीने पर हाथ रखकर तेज तेज सांसे लेते हुए कहती है ," कितना डरावना इंसान था यार ।

और जल्दी से खिड़की के पास जाकर खड़ी हो जाति h और हल्का सा पर्दा हटा कर अपनी एक आंख निकाल कर बाहर देखती है ।

भवानी सिंह का परिवार सबको बाहर सीऑफ करने जाता है।

आहार्य सबसे पीछे किसी से कॉल पर बात करते हुए चल रहा था तभी अचानक वो रुक जाता है लेकिन पीछे नहीं मुड़ता और एक सेकंड के लिए अपनी आंखे बंद करता है जैसे उसको इत्ती की प्रेजेंस फील हो गई हो की वो उसे ही देख रही है और और टेढ़ी स्माइल करते हुए बिना पीछे देखे आगे चला जाता है ।

उसको रुकता देख इत्ती की तो सांसे रुक जाति है और वो जल्दी से खिड़की से हटके दीवार से चिपक कर कहती है ,"इनके क्या पीछे भी दो आंखे है।

कुछ देर बाद गाड़ियों का काफिला अपनी रफ्तार से जयपुर यानी अपनी मंजिल की और निकल जाता है ।

रात का समय जयपुर ,

आहार्य अपनी ब्लैक luxurious car को तेज़ी से ड्राइव कर रहा था ।

कुछ देर बाद उसकी कार एक अजीब जगह आकर रुकती है यह एक पहाड़ी थी उसी के पास और भी पहाड़िया थी सारी पहाड़ी काले रंग की थी आहार्य के अलावा ना वहा कोई इंसान था , ना कोई पेड़ , न कोई परिंदा ऊपर से रात के वक्त वो मंजर और खौफनाक लग रहा था।

आहार्य उस पहाड़ी की सबसे ऊंची चोटी पर अपनी कार के बोनट से टिक कर ऐसे खड़ा था जैसे वो वहा का राजा हो और एक टक उस काले सियाह आसमान को देख रहा था।

फिर वोह अपने चेहरे पर एक बेहद सनक भरी मुस्कान लिए अपने लेफ्ट हैंड को देखता है और उसे sniff करते हुए ,संकियो की तरह अपनी डीप और चार्मिंग वाइस मैं कहता है ," आखिर मेने तुम्हे पा ही लिया ।

और कुछ साल पहले की एक मुलाकात के बारे मैं सोचने लगता है...

12 साल पहले....

जब आहार्य 15 साल का था उसके साथ कुछ ऐसा हुआ था जिससे उसके सारे इमोशंस खतम हो गए थे इस समय वो मनाली मैं एक पहाड़ पर खड़ा बिना इमोशंस के सामने खाई को देख रहा था वो एक टूरिस्ट प्लेस थे। लेकिन फिलहाल वहा कोई नहीं था उसने वो जगह कुछ देर के लिए

रिजर्व करा ली थी क्युकी उसको अकेले रहना पसंद था ।

तभी उसे किसी छोटी सी लड़की की सिसकने की आवाज आई जो उससे थोड़ी दूरी पर नीचे बैठी रो रही थी, उसकी आंखे ठंडी हो गई और दांत पीस गए उसने पहले ही ऑर्डर दिया था की जब तक वो यहां है कोई भी यहां नही आएगा।

उसने उस बच्ची की इग्नोर कर दिया और उस पर ना ही कोई ध्यान दिया ना ही उसको ,उसके रोने से कोई फर्क पड़ा वो बच्ची जो सर झुका कर रो रही थी जब उसने अपने सामने एक बड़े से लड़के को देखा तो उसका ध्यान अपनी तरफ करने के लिए और तेज़ तेज़ सिसकने लगी लेकिन तब भी आहार्य ने उसकी तरफ एक नजर भी नही देखा लेकिन उसके फेस पर अब पहले से भी ज्यादा frustation और irritation थी।

इत्ती ने जब देखा की सामने खड़ा लड़का उसे इग्नोर कर रहा है तो उसका मुंह गुस्से से फूल गया क्युकी उसे बचपन से ही बोहोत लाड प्यार मिला था कोई अनजान भी उसकी क्यूटनेस देख कर उसकी तारीफ करने से खुदको रोक नही पर था वो खड़ी हुई और आहार्य के पास जाकर उसकी स्लीव्स पकड़ कर गुस्से मै खींचने लगी।

आहार्य का चेहरा और सख्त हो गया उसने गुस्से से लाल आंखो से नीचे देखा तो एक पिद्दी सी लड़की जिसकी हाइट उसकी कमर तक थी मतलब सिर्फ उसके पैर से थोड़ी सी ज्यादा उसने एक पिंक कलर की घुटनो तक cute princess frock पहनी थी और पेरो मैं पिंक सैंडल्स उसके ब्राउन wavy बाल उसके घुटनों तक आ रहे थे जिनमे उसने पिंक कलर की cute सी क्लिप्स लगा रखी थी और गाल फूला कर गुस्से से उसे देख रही थी। उस वक्त इत्ती की उम्र 8 साल थी।

आहार्य ने अपनी एक आई ब्राउज़ उठाई जैसे पूछ रहा हो, "" what ""।

इत्ती अभी भी उसे गुस्से से घूर रही थी ।

आहार्य ने उसे इग्नोर किया और वहा से जाने लगा इत्ती ने यह देखा तो वो भी उसके पीछे पीछे जाने लगी वो भाग रही क्युकी आहार्य अपने लंबे लंबे कदमों से जंगल से होता हुआ आगे बढ़ रहा था ।

तभी इत्ती पीछे से चिल्लाती हुई बोली "" कितने बुरे लड़के हो तुम इतनी cute लड़की को ऐसे यह अकेला छोड़ कर जा रहे हो और तो यह भी नही पूछा की इत्ती रो क्यों रही थी ।

फिर अपने गाल फूला कर और अपने हाथ सीने मैं बांध कर कहती है ," how rude "

यह सुनते ही आहार्य के कदम रुक गए और वो पीछे मुड़ कर इत्ती को बुरी तरीके से घूरने लगता है और दांत पीसते हुए कहता है , तुम्हे किसी ने तमीज नही सिखाई की अपने से बड़ों को तुम नहीं आप कहते है ।

इत्ती अपने दांत दिखाते हुए कहती है,"" वो वो सॉरी सॉरी आप इत्ती को इग्नोर कर रहे थे न इसलिए इत्ती के मुंह से आपके लिए रिस्पेक्ट निकली ही नही because itti loves atriantion (attention) aur हसने लगती है।

आहार्य उसको इग्नोर करके आगे जाने लगता है , यह देख कर इत्ती भी उसके पीछे भागते हुए कहती है ," अरे आपने खुदको आप भी बुलवा लिया और अब फिर इत्ती को इग्नोर कर रहे हो।

आहार्य कुछ पल frustation मैं अपनी आंखे बंद कर लेता है।

इस लड़की ने इन कुछ मिनटों मैं उसको जितना इरिटेट किया था आज तक कभी किसी की हिम्मत नही हुई और फिर इत्ती की तरफ मुड़ते हुए दांत पीसते हुए कहता है," क्या चाहिए तुम्हे मेरे पीछे क्यों आ रही हो"।

इत्ती हस्ते हुए कहती है,"" आप कितने बुद्धू हो आपको यह सवाल ही तो सबसे पहले पूछना चाहिए की इत्ती को क्या चाहिए फिर गाल फूला कर आपको तो cute लड़कियों से बात करनी बिलकुल नहीं आती ।

आहार्य उसको तीखी नजरो से घूरता है तो इत्ती अपने दांत अंदर कर के मासूम सा चेहरा बना कर कहती है,"" इत्तीअपनी फैमिली के साथ यहां घूमने आई थी हमने पास के जंगल मैं कैंप लगा रखा था और इत्ती अपने भाई सा और दीदी के साथ लुका छुपी खेल रही थी लेकिन इत्ती गुम गई और गलती से यहां आ गई यह कहके वो सिसकने लगती है।

आहार्य अपनी कोल्ड वाइस मैं कहता है ," आगे बोलो ।

यह सुनके इत्ती तुरंत चुप होकर अपने चेहरे पर मिलियन डॉलर की स्माइल के साथ कहती है ,"तो आप इत्ती की फैमिली को ढूंढने मैं इत्ती की हेल्प करो फिर आगे खुशी से इत्ती के दादा सा आपको बोहोत सारी choclates देंगे"।

आहार्य उसकी फालतू बातो को इग्नोर करके एक शब्द कहता है ," चलो ।

यह सुनकर इत्ती कूदते हुए उसके साथ चलने लगती है ,लेकिन अभी उन्हें चलते हुए कुछ देर हुई थी की इत्ती उसकी शर्ट की स्लीव्स खीचती है ।

आहार्य सर नीचे करके उसको देखता है और गुस्से मै कहता है ,"अब क्या हूवा।

इत्ती दो सेकंड मैं अपनी आंखो मैं आंसू लाते हुए कहती है ," आप तो बोहोत बुरे लड़के है आप कबसे इत्ती को डांटे जा रहे है क्या आपको किसी ने सिखाया नही की खूबसूरत लड़कियों से कैसे बात करते है इत्ती कोनही चाहिए आपकी हेल्प इत्ती खुद ढूंढ लेगी अपनी फैमिली को और वहा से जाने लगती है।

आहार्य के दांत पीस जाते है उसने इतने ड्रामेबाज और हाजिर जवाब लड़की अपनी पूरी लाइफ मैं नही देखी थी वो एक गहरी सांस लेकर इस बार नॉर्मल वाइस मैं कहता है ," रुको।

इत्ती तो इसी का वेट कर रही थी वोह जल्दी से आहार्य के पास आती है आहार्य उससे पूछता है,"" तुम रुक क्यों गई थी यह सुनके इत्ती कहती है," वो आप तो इतने बड़े और लंबे लड़के है इत्ती तो कितनी छोटी सी हैऔर फिर अपने पेरो को आगे कर के इत्ती के पैर भी देखो कितने छोटू छोटू से है ।

आहार्य फ्राइस्टेशन मैं कहता है ," साफ साफ बोलो।

तो इत्ती उसका हाथ पकड़ कर नीचे बैठने का इशारा करती है आहार्य नीचे बैठता है तो इत्ती जल्दी से उसके शोल्डर्स (कंधो) पर चढ़ कर बैठ जाती है और कहती है तो इत्ती यह कह रही थी की इत्ती थक गई आप इत्ती को ऐसे लेकर चलिए।

अब तो आहार्य का पेशेंस जवाब दे देता है ,एक तो यह लड़की जबदस्ती उसका पीछा कर रही है ऊपर से इसे प्रिंसेस ट्रीटमेंट भी चाहिए वो गुस्से मै बोलता है ,""नीचे उतरो वरना मैं तुम्हे उठा कर फेंक दूंगा।

इत्ती जल्दी से अपने नन्हे नन्हे हाथों से उसके सर को टाइटली पकड़ कर ना मैं सर हिला कर किसी जिद्दी बच्चे की तरह कहती है,"" नही नही इत्ती नही उतरेगी आप इत्ती को ऐसे ही लेकर चलो इत्ती को नही पता और उससे किसी जोख की तरह चिपक जाती है।

आहार्य को इस लड़की पर बोहोत गुस्सा आ रहा था , वो उसे वेसेही लेकर खड़ा होता है , इत्ती चिल्लाते हुए कहती है इत्ती को ठीक से पकड़ो अगर इत्ती गिर गई तो इत्ती आपसे गुस्सा हो जाएगी ।

आहार्य उसके नन्हे पेरो को पकड़ लेता है, आहार्य जिसको गंदगी से सख्त नफरत थी इत्ती की सैंडल्स की धूल उसके शर्ट पर लग रही थी जिससे वो मन ही मन खीज रहा था ।

इत्ती खुशी से बोलती है,"" woww कितना मजा आ रहा है ऐसे राइड लेने मैं ।

आहार्य कहता है , अभी तो तुम्हारे पेरो मैं दर्द हो रहा था इसपर इत्ती दांत निकलते हुए कहती है हां दर्द तो इत्ती कोअब भी हो रहा है लेकिन आपसे अब इत्ती अपने पैर तो नही दबवा सकती ना।

आहार्य गुस्से मै ,"youuuuu"

इत्ती डरते हुए उससे और चिपक कर कहती है ," सॉरी सॉरी इत्ती की tongue slip हो गई आप प्लीज इत्ती को नीचे मत फेकना इत्ती अब बिल्कुल चुप रहेगी ।

लेकिन थोड़ी देर बाद इत्ती कहते है ," वैसे आपका name क्या है"।

आहार्य staight face के साथ," इससे तुम्हारा कोई लेना देना नही है।

उसकी बात सुन कर इत्ती का मुंह बन जाता है और वो गाल फूला कर कहती है मत बताओ huhh फिर हस्ते हुए अरे मेने तो आपको इत्ती का नाम बताया ही nhi ," इत्ती का नाम इत्ती है फिर मुंह बना कर लेकिन इत्ती को अपना नाम बिलकुल पसंद नहीं।

आहार्य जो उसकी बाते अब ध्यान से सुन रहा था लेकिन वो कोई जवाब नही देता ।

थोड़ी देर बाद,

सिंगर इत्ती अचानक से गाना गाने लगती है,

आज मैं नीचे आसमा ऊपर

आज मैं पीछे सामना है आगे ।

वो गा तो प्यारा रही थी लेकिन उसने song के lyrics की ऐसी बेइज्जती की थी की वो song भी खून में आंसू रो रहा होगा ।

आहार्य उसके गाने की लिरिक्स को सुनकर कहता है ," wrong lyrics गा रही हो तुम ।

उसकी बात सुनकर इत्ती कहती है," offo आप कितने बुद्धू हो आपको इतना भी नही पता की इत्ती छोटी सी बच्ची है और इत्ती इतने tough song के lyrical को केसे याद रखेगी।

आहार्य गुस्से मै बोलता है ," its lyrics not lyrical " क्या तुम अच्छे से पढ़ाई नहीं करती, तुम्हारी pronounciation बोहोत weak है।

अपने लिए indirectly डफर सुनकर तो इत्ती बोहोत गुस्सा होकर कहती है आप बहुत बुरे हो कट्टी ।

आहार्य confusely कहता है," जो ढंग से बोलना चाहिए वो बोलती नही हो और यह क्या कट्टी ।

इत्ती गुस्सा मैं कहती है ," कट्टी मतलब इत्ती आपसे गुस्सा है और बात नही करेगी huhh

आहार्य के फेस पर एक स्माइल आजाति है इत्ती की बाते और उसकी प्यार आवाज उसके विरान दिल पर सुकून पोहोच रही थी ।

उसी जंगल के दूसरे साइड....

एक लड़का और लड़की जो दिखने में करीब 12–14 साल के थे वो सर झुका कर खड़े थे वो छोटी लड़की सर नीचे कर के सिसक रही थी ।

उनके सामने भवानी सिंह जी गुस्से और टेंशन में चक्कर काट रहे थे। और इत्ती की मां सा, दादी सा, और बूआ सा रो रही थी ।

शिवराज सिंह जी और इत्ती के फूफा सा गार्ड्स से कुछ बात करे रहे थे।

भवानी सिंह जी गुस्से से कहते है ,""" इत्ती तो बच्ची है नासमझ है लेकिन आप दोनों तो बड़े है ना आप उनकी ज़िद पर लुका छुपी खेलने के लिए केसे त्यार हो गए , इतनी देर हो गई है इत्ती का कुछ पता नहीं है अगर उन्हें कुछ हुआ तो हम पूरे मनाली मैं आग लगा देंगे ।

गुस्से मै उनका शरीर कांप रहा था इत्ती मैं जान बस्ती थी उनकी वो उनके घर की राजकुमारी और सबकी आंखों का तारा थी वोह । भवानी सिंह जी की तो उसको देखा बिना सुबह नही होती थी ।

इतना कह कर वोह कुछ guards के साथ इत्ती को ढूढने जाने लगते है ,तो शिवराज जी उन्हें रोक कर कहते है बाबा सा आप आराम करिए हम इत्ती को ढूढ रहे है ।

भवानी सिंह जी गुस्से मै कहते है , हमारी राजकुमारी इतनी देर से लापता है और आपको आराम की पड़ी है और गार्ड्स के साथ आगे निकल जाते है ।

दूसरी ओर ,

इत्ती और आहार्य ऑलमोस्ट उस जंगल से बाहर निकल जाते है । और थोड़ा आबादी वाली जगह पर पहुंच जाते है ।

तभी इत्ती ने कुछ ऐसा देखा जिससे वो बोहोत खुश हो जाति है ।

तो क्या देख किया ऐसा इत्ती ने ?? क्या है आहार्य का past ? केसे मिलेगी इत्ती अपनी फेमिली से?

यार पता है कल मेने सबके comments पढ़े इतने प्यारे प्यारे थे न यार की क्या btau मुझे बोहोत खुशी हुई और एक दिन मैं इतने व्यूज i cant believe लेकिन यार please rating तो देदो वरना इतनी कम रेटिंग देख कर पॉकेट नोवेल मेरी स्टोरी को धक्के मार कर बाहर फेंक देंगे शायद ।

क्या स्टोरी आपके सितारे i mean star's deserve नही करते ? रेटिंग देना आपका फर्ज़ है और लेना mera हक ?|

और एक प्यारा comment था named juliet sharma yar sista♥? mtlb मेने आपके अपसेट mood को अच्छा कर दीया means i makes you smile तो मुझे दुआ देना इसी बात पर? ।

7

""""आह don't do this गाल खींचने से गाल लटक जाते है जैसे मुंह खुला रखने से होंठ मोटे हो जाते

आगे,

इत्ती उस तरफ खुशी से देखती है और अपनी छोटी सी उंगली से उस और इशारा करती है ।

आहार्य उसकी प्वाइंट की गई direction मैं देखता है तो वहा एक normal सा restaurant था दिखने मैं basic और fairylights से डेकोरेटेड , कई छोटे बड़े प्लांट्स और फ्लावर्स लगे हुए थे वो कोई हाई क्लास रेस्टोरेंट तो नही था लेकिन दिखने मैं सिंपल और eye caching था स्पेशली वहा लगी colourful fairylights जिन्होंने ही इत्ती को अपनी तरफ अट्रैक्ट किया था, इत्ती को कलरफुल और shiny cute stuffs बोहोत पसंद थे।

आहार्य उस रेस्टोरेंट को देखते हुए इत्ती से भावहीन होकर कहता है , " यह तो एक normal सा restaurant है "।

उसकी बात पर इत्ती उसको बोली ," हा देखो कितना coulourful और beutiful हैं न जब यह बाहर से दिखने मैं इतना ब्यूटीफुल है तो इसका खाना ummm कितना टेस्टी होगा और अपनी tongue से अपने लिप्स को लिक करती है ।

उसकी बात सुनकर आहार्य उससे रुड वाइस मैं बोलता है , " तुमने मुझसे अपनी फेमिली को ढूढने की हेल्प मांगी थी और तुम चाहती हो की मैं तुम्हारी यह silly demands भी पूरी करू नेवर ।

उसकी बात सुनकर इत्ती मुंह बना कर बोली ,"साफ साफ बोलिए न आपको अपने पैसे बचाने है , लेकिन इत्ती तो कितनी छोटी सी बच्ची है ,और इत्ती का टमी भी इत्तू सा है तो इत्ती इत्तु सा ही खाएगी और जिद्दी बच्चे की तरह ज़िद करते हुए अपने पैर हिलाने लगती है ।

आहार्य को उसकी इस हरकत पर बोहोत गुस्सा आता है एक तो यह लड़की अभी भी उसके कंधे पर किसी महारानी की तरह बैठी थी , ऊपर से उसे irritate किए जा रही थी।

वो चिल्लाते हुए कहता है ," shut up and stop doing all this stupid things...

उसके इतने तेज़ चिल्लाने से इत्ती बुरी तरह सहम जाती है और उसकी बड़ी बड़ी आंखो मैं मोटे मोटे आंसू आ जाते है ।

और वो धीरे धीरे सुबकने लगती है , और सुबकते हुए कहती है इस बार इत्ती के आंसू सचमें बिलकुल रियल है आपने इत्ती को हर्ट दिया और रोने लगती है।

उसको रोता देख आहार्य को realise होता है की उसने शायद थोड़ा ज्यादा डांट दीया " आहार्य सिंह राजपुत " को पहली बार किसी को डांट ने का थोड़ा गिल्ट हो रहा था ।

आहार्य कुछ सोच कर अपने कदम उस restaurant की तरफ बढ़ा देता है ,इत्ती अभी भी धीरे धीरे रो रही थी ।

आहार्य उसको लेकर बिलकुल कोने की एक टेबल पर जाता है क्युकी भीड़ भाड़ मैं उसको बोहोत frustation होती थी , ना ही वो ऐसी जगह पर अपनी पूरी लाइफ मैं कभी आया था , लेकिन इस जिद्दी लड़की के लिए ही उसने ऐसा किया।

उनकी टेबल बिलकुल कोने मै थी ,और आस पास की टेबल्स खाली थी ।

वहा जाकर उसने इत्ती को अपने शोल्डर्स से आराम से उतार कर एक चेयर पर बिठाया, इत्ती अब तक चुप हो गई थी लेकिन वो अभी भी आहार्य से बोहोत नाराज़ थी और चुप चाप अपने गाल फूला का बैठी थी ।

यह देख कर आहार्य ने एक गहरी सास ली ।

तभी उनके पास एक आदमी आया जिसने वेटर की यूनिफॉर्म पहन रखी थी और रिस्पेक्टली आहार्य को ग्रीट करते हुए बोला ," हेलो सर आप क्या ऑर्डर करना चाहते है ।

इत्ती ने जब यह देखा की उन अंकल ने उसकी जैसी cute लड़की को इग्नोर करके उसके सामने बैठे गंदे लड़के जिसने उसे अभी अभी डांटा था उससे ऑर्डर के लिए पूछा तो वो बोहोत गुस्सा हो गई ।

और टेबल पर अपने छोटे छोटे हाथो से hit करके गुस्से से लेकिन मासूमियत से बोली ," अंकल क्या आपको इत्ती दिखाई नही दे रही है आपको उनसे नही इत्ती से पूछना था भूख उनको नही इत्ती को लगी है ।

अब जाकर वेटर ने उस cute लड़की को देखा एक्चुअली टेबल इतनी बड़ी थी और chairs कम हाइट की जिससे छोटी सी इत्ती वेटर को नजर ही नही आई ।

उसने स्माइल के साथ कहा ," सॉरी बेटा , आप क्या खाना चाहेंगी इत्ती स्माइल करते हुए बोली आपके पास जो भी है सब ले आइए इत्ती थोड़ा थोड़ा टेस्ट कर लेगी फिर जो इत्ती को अच्छा लगा वो खा लेगी ।

वेटर को इत्ती की तरफ स्माइल करते देख आहार्य का चेहरा सख्त हो गया था लेकिन इत्ती की बात सुनकर उसके फेस पर एक हल्की सी स्माइल आ गई ।

लेकिन इत्ती की यह बात सुनकर तो वेटर की हालत खराब हो गई उसने एक बार कन्फर्म करने के लिए कहा,"" are you sure mam...

इत्ती ने सहमति मैं खुशी से अपना सर तीन बार हां मैं हिलाया ।

वेटर ने आहार्य की तरफ देखा जैसे उससे confirmation मांग रहा हो आहार्य ने सहमति मैं हल्का सा सर हिलाया और हाथो से उसको यहां से जाने का इशारा किया ।

वेटर कुछ असमंजस और कुछ खुशी के भाव से वहा से चला गया ।

टेबल पर अपने हाथ पटकने की वजह से इत्ती के सॉफ्ट सॉफ्ट हाथ लाल हो गए थे और दर्द कर रहे थे वो अपने हाथो पर फूंक मांगने लगती है। लेकिन गुस्सा अभी भी उसकी नाक पर था ।

यह देखकर आहार्य उसके सॉफ्ट सॉफ्ट हाथो को अपने अपने सख्त हाथो मैं हाथो से हल्के हल्के सहलाने लगता है ।

लेकिन इत्ती गुस्सा होने के बावजूद भी उसे नही रोकती। और उसकी अटेंशन एन्जॉय करती है लेकिन अपने फेस पर नहीं दिखाती उसकी नाक अभी भी गुस्से से फूली हुई थी।

इत्ती ने इतना सारा खाना इसलिए ऑर्डर किया था क्युकी एक तो वो खाने के मामले मैं बोहोत चूसी थी वो कुछ सेलेक्टिव चीजे ही खाती थी।

दूसरा वो आहार्य के बोहोत सारे पैसे खर्च करा कर उसको उसे डांटते के लिए punish करना चाहती थी । लेकिन मासूम इत्ती को क्या पता की उसके सामने "आहार्य सिंह राजपूत " है उसके लिए इतने पैसे ऐसा है जैसे समुंद्र मैं से कोई एक बूंद पानी निकाल ले ।

कुछ टाइम बाद उस बड़ी सी टेबल पर different types of dishes रखी थी ।

इतना सब खाना देख कर इत्ती की आंखे चमक गई और उसके मुंह मै पानी आ गया लेकिन वो जिस चेयर पर बैठी थी उसकी हाइट काम थी और उसके छोटे छोटे हाथ टेबल तक नही पोहोछ पा रहे थे , इत्ती उदास हो गई लेकिन कुछ सोच कर उसकी आंखे चमक गई ।

आहार्य लगातार इत्ती को बिना किसी भाव के देखे जा रहा था ।

इत्ती जल्दी से अपनी टेबल से नीचे कूदती है और आहार्य के पास जाकर जल्दी जल्दी मैं उसकी गोद मैं चढ़कर थोड़ा कसमसाते हुए बैठ जाती है ।

आहार्य जो लगातार इत्ती को देखे जा रहा था वो उसके ऐसा करने से एक पल के लिए ठिठक जाता है पर अगले ही पल वो इत्ती को पकड़ कर ठीक से अपनी गोद में बिठा लेता है ताकि वो गिर न जाए ।

अब तक इत्ती अपनी सारी नाराजगी भूल चुकी थी । वो अब आहार्य की गोद में बैठी थी तो वो टेबल तक पहुंच गईं थी ।

वो टेबल से एक स्टील स्पून उठाती है और उसको अपने चेहरे के सामने कर, अपनी गर्दन लेफ्ट राइट करके अपना फेस उसमे देखती है । और एंड में अपने आपको को उसमे देख कर अपनी tongue बाहर निकाल कर खुदको चिढ़ा कर हसने लगती है फिर उस स्पून को वापस टेबल पर रख सामने रखे बर्गर को उठाती है और उसने ऊपर के बन को हटा कर उस में से onion,tomato, lettuce के slices को निकालकर आहार्य की तरफ मुड़ कर उसके मुंह के पास कर देती है ।

आहार्य अपनी एक eyebrow ऊपर कर के कहता है , "what

इत्ती मासूम सा फेस बना कर कहती है,"" itti dont like vagies और बुरा सा मुंह बना लेती है ।

फिर एक पप्पी फेस बनाकर कहती है," तो आप यह खा लो दादा सा कहते है ,"""यह बोहोत healthy होता है और फिर आहार्य की चापलूसी करते हुए इससे आपके massless बोहोत स्ट्रॉन्ग हो जाएंगे।

आहरये आंखे चढ़ते हुए कहता है ,"" thats muscles not massless और फिर उसके हाथो से वो vagies slices लेकर उसके मुंह के पास करके अगर इतना ही healthy है तो तुम ही खा लो वैसे भी तुम्हे इसकी ज्यादा जरूरत है ।

वो अभी बोल ही रहा था की इत्ती जल्दी से उसके हाथ से स्लाइसेज लेकर उसके मुंह मै डाल देती है फिर ताली बजाते हुए यह हुई ना बात अब, आप लग रहे है गुड बॉय पहले जब आपने मुझे डांटा था तब आप bad boy थे। और इत्ती देखो कितना बोलती है क्युकी बोलने के लिए एनर्जी चहिए और इत्ती के पास वो ऑलरेडी बोहोत सारी है क्युकी इत्ती तो बोहोत प्यारी प्यारी बाते करती है लेकिन आप तो इतना कम बोलते है मतलब आपके पास एनर्जी नही है ।

फिर सीरियस फेस के साथ आपने इत्ती की हेल्प की तो इत्ती को भी एनर्जी देने मैं आपकी हेल्प करनी चहिए हम्मम।

आहार्य गुस्से से उसको कुछ बोलना वाला होता है की इत्ती जल्दी से सामने मुड़ कर अपने सर पर मारते हुए कहती है,""" अरे अरे इत्ती ने तो आपको बताया ही नहीं दादा सा कहते है खाते वक्त बोलते नही है its bad manner....

उसके चेहरे की स्माइल इस वक्त ऐसी थी जैसे उसने आहार्य को कोई ऐसी बात बताई है जो आज से पहले आहार्य को मालूम ही नहीं थी , इन शॉर्ट वो अपने आप को दादी अम्मा समझ रही थी ।

आहार्य उसको खा लेता है फिर उससे बोलता है,"" अब चुप चाप खाओ without any tantrums...

इत्ती बर्गर का ऊपर वाला बन उठाती है और उसको सॉस मैं डिप करते हुए उसका एक bite लेती है , और आंखे बंद करके उसका टेस्ट लेते हुए कहती है हम्मम यह तो कित्ता टेस्टी है फिर दूसरा बाइट लेते हुए नही यह पहले टेस्टी नही था यह तो इत्ती के टच करने से टेस्टी हो गया है, हां यही है ।

इत्ती जो कुछ देर पहले आहार्य को खाना खाते वक्त बात न करने का ज्ञान दे रही थी पर मासूम इत्ती शायद यह भूल गई थी की उसे यह बात खुदपर भी apply करनी होती है ।

उसकी बाते सुनके आहार्य अपने मन मैं खीजता हुआ कहता है,"" यह शैतान बच्ची बोहोत ज्यादा सेल्फ ऑब्सेस्ड है ।
यह सोचकर लाचारी मैं सर हिलाता है ।

इत्ती ऐसे खा रही थी जिससे आहार्य को गुस्सा आ रहा थे एक तो उसको OCD थी वो गंदगी बर्दाश्त नहीं करता था ।

वो अकेले रहता था और उसके महल मैं भी डाइनिंग टेबल पर भी वो जिस चेयर पर बैठता था उसके आस पास की कुछ चेयर खाली रहती थी उसका परिवार उसके सामने बैठता था एक तरह से वो वहा रहकर भी नही रहता था।

ऐसा उसके साथ पहली बार हो रहा था जहा वो चाह कर भी कुछ नहीं कर पा रहा था । ना ही वो कुछ करना चाहता था इत्ती की बाते, उसकी हरकते उसे सुकून का एहसास करा रही थी ।

फिर आहार्य टिश्यू से उसको मुंह और हाथ जिसमे सॉस लगता था उसको साफ करते हुए rudely कहता है ," ठीक से खाओ यह क्या बच्चो के जैसे खा रही हो।

पहली बार आहार्य ऐसे किसी की केयर कर रहा था ।

उसकी बात पर इत्ती जिसके मुंह मै बर्गर भरा हुआ था जिससे उसके गाल और भी फूल गए थे वो उसे चबाते हुए कहती है ," अम्म्मम्म तो इत्ती बक्की ही है (हां तो इत्ती बच्ची ही है)

और वापस से खाने लगती है आहार्य एक गहरी सास लेकर उसके फेस को टिश्यू से साफ कर रहा था और उसको पानी पिला रहा था ताकि उसके गले मैं खाना न फस जाए ।

ऐसे ही इत्ती noodles उठाती हैं और noodles खुद खाती है और शिमला मिर्च आहार्य को खिलाती है ऐसे ही वो कई डिशेज के साथ करती है जो जो उसमे vagies उसको पसंद नहीं थी वो आहार्य की को अपने हाथो से खिलाती है और बाकी का खुद खाती है।

इत्ती की नजर मैं तो वो आहार्य की हेल्प कर रही थी एनर्जी gain करने मै। और खुदपर बोहोत प्राउड फील कर रही थी की वो कितनी अच्छी है ।

आहार्य उस छोटी सी लड़की की चालाकी देख रहा था लेकिन वो इस बार कुछ नही कहता और चुपचाप चाप खा लेता है जो जो इत्ती उसे खिला रही थी ।

लेकिन वहा राणा सिंह जी का परिवार इत्ती को पागलों की तरह हर जगह ढूढ़ रहा था ।

राणा सिंह जी को अपनी बरसो पहले की एक बात रील की तरह आंखो मैं कोंध रही थी और वो और ज़्यादा इत्ती के लिए घबरा रहे थे इत्ती के ना मिलने से।

अपना मन पसंद का खाने के बाद...

इत्ती ओरियो चॉकलेट मिल्क शेक के गिलास को अपने दोनो हाथो से उठाती है , " और उसको पीते हुए एक स्माइल के साथ कहती है ,"" इत्ती लव्स ओरियो चॉकलेट मिल्क शेक "।

और सारा मिल्क शेक पी जाती है

फिर ग्लास को टेबल पर रख कर अपने होठों पर जो मिल्क शेक की वजह से मूझे बन गई थी उसको अपनी छोटी सी tongue से lick करते हुए कहती है ," अम्मम्मम्म its so yummy

थोड़ी देर बाद इत्ती का पेट फुल हो जाता है और वो किसी आलसी बिल्ली की तरह आहार्य की गोद मैं पसर कर उसके ऊपर बेंट होकर बैठ जाती है और एक डकार के साथ अपने पेट पर हाथ फेरते हुए कहती है ," इत्ती का पूरा टमी फुल हो गया "।

लेकिन फिर अचानक एटिट्यूड से सीधी बैठ कर अपने एक पैर पर दूसरा पर चढ़ा कर attitude से कहती है ," इत्ती its had manners what are you doing this, you are princess so behave like an princess

आहार्य उसकी ड्रामेबाजी देख कर अपनी आंखे चढ़ाते हुए उसके गालों को खींचते हुए कहता है ," बोहोत जल्दी याद आ गया तुम्हे की तुम एक प्रिंसेस हो और तुम्हे एक प्रिंसेस की तरह मैनरली behave करना चाहिए।

इत्ती अपने गालों को छुड़ाते हुए बोली ," आह don't do this गाल खींचने से गाल लटक जाते है जैसे मुंह खुला रखने से होंठ मोटे हो जाते है । और इत्ती के गाल लटक गए तो वो और फूले हुए लगेंगे फिर सब इत्ती को बेबी रसगुल्ला बोलकर चिढ़ाएंगे।

उसके इस यूजलेस और बचकाने लॉजिक पर आहार्य उसके गाल छोड़ते हुए , भावहीन होकर बोला ,""यह कैसा baseless और useless logic है।

इत्ती स्टाइल्स से स्माइल से करते हुए बोली यह इत्ती का लॉजिक है और ऐसा सच्मे होता है।

"""""आहार्य उसकी बात पर कुछ नही कहता और उसे अपने गोद से नीचे उतार कर ठीक से नीचे खड़ा करता है , और अपने वॉलेट से काफी सारे नोटो की गड्डी निकाल कर टेबल पर रखता है ।

टेबल पर अभी भी बोहोत सारी डिशेज बिना छुए रखी थी, जिसे इत्ती ने टच भी नही किया था क्युकी उसने बोहोत सारा खाना ऑर्डर किया था और वो थी तो छोटी सी बच्ची ही कितना खाती।

आहर्य उसका हाथ पकड़ कर उसे वहा से ले जाने लगता है ," इत्ती को बाहर कुछ दिखता है और वो अपना हाथ आहार्य के ह के हाथ से जल्दी से छुड़ा कर उस तरफ़ भागते हुए जाती है ।

आहर्य अपनी लाल हो चुकी आंखो से एक नजर अपने उस हाथ को देखता है और इत्ती को भागते देख वो भी जल्दी से उसके पीछे जाता है ।

इत्ती भागते हुए एक औरत जो restaurant के सामने अपने रोते हुए करीब 4–6 साल के दो बच्चो के साथ बैठी थी उनके सामने खड़ी होकर अपने कमर दोनो हाथ रख कर हाफते हुए उन बच्चो से कहती है,"" तुम दोनों रो क्यू रहे हो क्या किसी ने तुम्हे परेशान किया इत्ती को बताओ वो उसे सबक सिखाएगी और अपने हाथो की मुट्ठी हवा में लहराती है जैसे वो उन बुरे लोगो को जिन्होंने इन बच्चोटकी परेशान किया मार रही हो ।

Restaurant खुला था ताकि customer खाते हुए बाहर मनाली की वादियों का लुत्फ उठा सके इसलिए जब इत्ती आहार्य के साथ बाहर आ रही थी तो उसकी नजर उन रोते हुए बच्चो पर गई । और वो उनके पास आ गई

अब तक आहार्य भी इती के पास पहुंच गया था और वो इती की बाते सुनने लगा ।

अपने सामने इतनी प्यारी लड़की और उसके साथ एक बड़े से लड़के को देखकर वो और उदास होते हुए कहती है की........

सॉरी लेट चैप्टर अपलोड करने के लिए लेकिन इसमें मेरी कोई गलती नही है राजस्थान मैं 25,26,27 को REET का पेपर है जिस वजह से सुबह 6 bj से शाम 6 बजे तक net बंद था ।

अब बिना net के केसे अपलोड करती , तो यह REET ASPIRANTS और government का मसला है इसमें मैं टोटली इनोसेंट हूं ,मेरा कोई कुसूर नही है ?

और यार ,एक बजे का बोला और 7 बजे ने on हुआ यह कैसी बदतमीजी है हां नही तो huhh?

Anyways कुछ लोगो ने कहा दो चैप्टर देने के लिए तो यार पहले तो थैंक्यू इसका मतलब आपको story पसंद आ रही है तभी तो.....dil mange more...

लेकिन यार मैं College जाती हू वोह भी रेगुलर प्रॉप कॉलेज यूनिफॉर्म मैं और वहा कंटिन्यू क्लासेस lab फिर इतना ट्रैवल करके घर आना । तो यार बोहोत मुश्किल है मैं रात मैं और आधा सुबह बस मैं चैप्टर लिख लेती हू फिर लंच ब्रेक मैं अपलोड कर देती हु.... बट आई प्रोमिस मैं डेली चैप्टर दूंगी एक दिन भी कोई नागा नही करूंगी इतना तो sure है और छुट्टी के दिन या संडे को मैं दो चैप्टर दे दूंगी ठीक है ना यार?

दूसरा मैं पहली बार हिंदी मैं टाइप कर रही हु वरना मैं व्हाट्सएप पर चैट भी इतना शॉर्ट कट मैं करती हु की बहुत कम लोग समझ पाते थे कुछ तो परेशन होकर कॉल कर लेते है ....?

और फिर एक चैप्टर को सोचना फिर उसको एक बार चेक करना की सब ठीक है टाइपिंग मिस्टेक तो नही है इसमें टाइम तो लगता है ना यार और वैसे भी quality matter करती है quantity नहीं , मतलब मैं जितना दू वो आपको हसाए एंटरटेन करे ना की फॉर्मेलिटी के लिए अननेसरी थिंग लिख कर आपको इरिटेट करू ।

Aah कितना बोलती हु मै खेर अब आपको मेरी बकवास टोलरेट करनी पड़ेगी हां मैं बकवास के चक्कर मैं चैप्टर मैं कटोरी नही करूंगी चैप्टर हमेशा 2000+ words का होगा लेकिन बकवास तो रोज करूंगी जो sometimes आपको एंटरटेन करेगी।

थैंक्यू so muchhh फॉर योर लवली कॉमेंट्स honestly उनको पढ़कर मन करता है और अच्छा लिखूं ताकि सब को और ज़्यादा पसंद आए।

Next chapter मैं फ्लैशबैक खतम हो जाएगा और सिया फर्स्ट किस के लिए मेने कुछ बहुत स्पेशल सोच रखा है फर्स्ट किस है स्पेशल और मेमोरेबल होनी चहिए ना.... सब्र करो ?

8

"आज बारह साल बाद फिर तुम मेरे सामने हो मेरा सुकून मेरा जुनून बनकर....

वो औरत अपने सामने इतनी प्यारी लड़की और उसके साथ एक बड़े से लड़के को देखकर उदास होते हुए कहती है ,"की बेटा मेने और मेरे बच्चो ने तीन दिन से कुछ नही खाया ह, मेरे ससुराल वालो ने मुझे घर से निकल दिया क्यूंकि मैं उनको बेटा नहीं दे पाई मैं एक अनाथ हु और इतनी पढ़ी लिखी भी की कुछ कर के इनको खिला सकू।

इत्ती को उनकी बात कुछ खास समझ तो नही आई लेकिन उसको इतना जरूर समझ आ गया की इन बच्चो को भूख लगी है लेकिन आहार्य को सब समझ आ रहा था ।

वैसे भी यह हमारे समाज की एक बहुत की घटिया सच्चाई है जहा अब भी कुछ लोग बेटा बेटी में भेद भाव करते है ।

इत्ती जल्दी से भागते हुए वापस restaurant मै गई।

आहार्य और वो औरत उसे देखने लगे इत्ती वापस अपनी टेबल पर गई जहा उन्होंने खाना खाया था , और मुश्किल से चेयर पर चढ़ कर टेबल से वो प्लेट उठाई कुछ देर बाद इत्ती अपने हाथो मैं अपनी बची वही डिशेज लेकर उस औरत के सामने रख दी कोई कुछ समझ पाता वो वापस भाग कर वापस टेबल पर गई और एक और डिश की प्लेट लाने लगी उसकी हरकत पर वो औरत हैरत और खुशी से उस बच्ची को देखने लगी ।

आहार्य के चेहरे पर भी एक स्माइल आ गई उसने काउंटर पर खड़े वेटर को हाथ से कुछ इशारा किया तो वो वेटर जल्दी से हरकत मैं आया क्युकी उसको इतना तो मालूम चल गया था की आहार्य कोई नॉर्मल पर्सन नही है क्युकी उसने टेबल पर जीतने पैसे रखे थे वो खाने के बिल से तीन गुना ज्यादा थे ।

और restaurant opened होने की वजह से सब उस प्यारी सी बच्ची की यह प्यारी सी हरकत देख रहे थे वेटर जल्दी से इत्ती के हाथ से प्लेट लेकर बोला ," mam आप रहने दीजिए मैं करता हु ।

इत्ती ने वो प्लेट उसे देदो और प्यारी सी स्माइल करते हुए बोली ,"okk uncle

और फिर वापस भाग कर आहार्य के पास आकर उसका हाथ पकड़ कर खड़ी हो गई ।

आहार्य लगातार उसे ही देख जा रहा था और जैसे ही इत्ती ने उसका हाथ पकड़ा उसने सुकून से अपनी आंखे एक पल बंद करली ।

वेटर ने एक एक करके सारी डिशेज उस औरत के सामने रख दी इस औरत को तो सब सपने जैसा लग रहा था उसने खुशी से रोते हुए कहा ," तुम्हारा बहुत बहुत शुक्रिया बेटा तुमने मेरे और मेरी बेटियो के लिए इतना कुछ किया ,तुम बहुत अच्छी हो ऊपर वाला हमेशा तुम्हे खुश रखे ।

उस औरत की बात सुनकर इत्ती खुशी से बोली ," i know आंटी इत्ती बहुत अच्छी है और इत्ती हमेशा खुश भी रहती है फिर थोड़ा उदास होकर बट आप इत्ती के लिए यह प्रे करो की इत्ती को इस बार एग्जाम मैं बहुत अच्छे marks आए और सब इत्ती की इत्ती सारी तारीफ करे।

फिर अपने दांत दिखाते हुए ," वो क्या है ना इत्ती है तो बहुत intelligent लेकिन इत्ती के बस मार्क्स ही काम आते है ।

उसकी इस बात पर आहार्य फ्रस्टेशन से एक हाथ से अपने माथे को दबाते हुए मन मैं कहता है ," इस लड़की को बस मोका चहिए अपनी तारीफ करने का ,सेल्फ ऑब्सेस्ड।
वो औरत हस्ते हुए कहती है जरूर करूंगी ।

इत्ती की नजरे रोड के दूसरे साइड जाति है और उसकी आंखे नॉर्मल से बड़ी बड़ी हो जाति है क्युकी सामने उसके दादा सा और उनके गार्ड्स लोगो से कुछ पूछ रहे थे ।

इत्ती खुशी से जल्दी से अपना हाथ आहार्य के हाथ से छुड़वा कर एक दो कदम चलती है लेकिन फिर कुछ सोच कर आहार्य के पास आती है , आहार्य ने भी भवानी सिंह जी को देख किया था।

इत्ती जल्दी से आहार्य के पास आकर उसका हाथ पकड़ कर उसको नीचे झुकने का इशारा करती है आहार्य उसका इशारा समझ हल्का सा झुक जाता है इत्ती जल्दी जल्दी बोलती है इत्ती को अब जाना होगा इत्ती के दादा सा इत्ती को ढूंढ रहे है , आपने इत्ती की इतनी हेल्प की उसके लिए इत्ती आपको , और फिर अपने बालो से पिंक एंड व्हाइट डायमंड की क्लिप निकल कर उसके हाथो मैं देती है और कहती है," यह इत्ती की फेवरेट क्लिप है इत्ती इसे किसी को हाथ भी नहीं लगाने देती और हमेशा अपने पास रखती है लेकिन आप इत्ती को अपने हाथो को फैला इतने ज्यादा पसंद आए इसलिए इत्ती आपको यह दे रही है आप इसे हमेशा अपने पास रखना और इस क्लिप का खयाल रखना okk ना।

फिर आगे आपने इत्ती को अब तक अपना नाम नही बताया इत्ती ने तो बता दिया आपको , आहार्य कुछ पल रुक कर कुछ सोच कर इत्ती को जुनून के साथ देख कर बोला "आर्यन "।

इत्ती जल्दी से उसके गाल पर एक क्विक चिक किस करती है और उसका हाथ छोड़ कर भागते हुए जाती है फिर एक बार पीछे मुड़ कर आहार्य को एक प्यारी सी स्माइल के साथ आई विंक करके अपने दादा सा के पास भाग जाती है ।
आहार्य सीधे खड़े होकर इत्ती को एक तक अपनी आंखों मैं lots of

emotions लिए देख रहा था । और फिर अपने हाथो मैं दिए उस क्लिप को देखता है और उसको अपनी मुट्ठी मैं ऐसे समेट लेता है जैसे वो इत्ती की यादें हो और उसके लिए बेहद जरूरी हो ।

वो एक तक इत्ती को देख रहा था की की तीन चार गार्ड उसके पास आते है उनमें से एक आहार्य के कान मैं कुछ कहता है आहार्य इत्ती को देखते हुए ही हां मैं सर हिलाता है फिर एक नजर उस औरत को देख कर अपने दूसरे गार्ड को कुछ इंस्ट्रक्ट करता है और वहा से एक नजर फिर से इत्ती को देख कर चला जाता ।

इत्ती भाग कर भवानी सिंह के पास जाति है और उनके पेरो से लिपट जाति है भवानी सिंह जी ठिठक कर नीचे देखते है तो उनके पेरो को इत्ती हग करके खड़ी थी इत्ती को देख कर उनकी आंखे हल्की नम हो जाति है और ऐसा लगता है की किसी ने उनकी छीनी हुई सास वापस लौटा दी ।

और वो जल्दी से इत्ती को गोद मैं उठा कर उसके पूरे चेहरे को चूमते हुए उसे कस कर गले लगा कर कहते है ," my princess कहा थी आप , आपने तो हमारी जान ही निकाल दी थीं।

इत्ती उनकी गोद मै कसमसाते हुए कहती है ," दादा सा इत्ती का कचुम्बद बन गया । राणा सा हस्ते हुए अपनी पकड़ थोड़ी ढीली करते है ।

और इत्ती से सब पूछते है इत्ती sad होकर कहती है इत्ती गुम गई थी , और एक एंजल ने मेरी हेल्प की और खुशी से ताली बजाती है ।

भवानी सिंह जी को एंजल का कुछ समझ नहीं आता लेकिन वो उससे कुछ नही पूछते और उसका सर अपने कंधे पर प्यार से रखते है उनके लिए इतना ही काफी था की उनकी जान से प्यारी प्रिंसेस उनके पास थी अगर इत्ती को कुछ होता तो वो जी नही पाते और उसे लेकर वहा से चले जाते है ।

थोड़ी देर बाद वो अपनी कार मैं आकर इत्ती को लेकर बैठते है और उसको अपनी पास वाली सीट पर बैठते है तो इत्ती सी पर पसर कर लेट जाती है जैसे वो कोई आलसी बिल्ली हो...

भवानी सिंह जी प्यार से उसके पैरो को अपने पेरो पर रखते है और हल्के हाथ से सहलाने लगते है , वो भले की कितनी भी घमंडी , क्रूर राजा

हो लेकिन अपनी इस जिद्दी पोती के लिए वो अपने सारे घमंड को साइड रख देते है , और उसकी छोटी से छोटी बड़ी से बड़ी ज़िद को पूरा करते है, इत्ती के ना मिलने से उनको अपने जान सूखती हुई सी महसूस हुई थी , कुछ देर मैं इत्ती सो जाती है तो भवानी सिंह जी उसको एक blanker से कर कर देते है।

आहार्य के चेहरे पर हवा का झोंका आकर पड़ता है और वो present मैं वापस आता है ।

और संकियों की तरह सामने पूरे चांद को देख कर कहता है," उस मुलाकात के बाद मेने कभी तुम्हे ढूढने की कोशिश नही की मैं चाहता तो बहुत आसानी से तुम्हारा पता लगा लेता , लेकिन मेने ऐसा नहीं किया इन बारह सालों मैं मेने हमारी उस पहली मुलाकात की यादों को संभाल कर अपने दिलों दिमाग मैं रखा , मुझे पता था एक न एक दिन तुम मेरे सामने आओगी और आज बारह साल बाद फिर तुम मेरे सामने हो मेरा सुकून मेरा जुनून मेरी होने वाली बीवी बनकर और बहुत जल्द हमेशा हमेशा के लिए तुम मेरी हो जाओगी। मुझे मेरी इन बारह सालों की तड़प का फल मिल गया है अब तुम्हे कोई मुझसे दूर नहीं कर सकता है ।

तेरे सिवा हो जाता हैं सब छू मंतर
मैं संवर जाउंगा तू मुझे छू अगर
बिखर ही जाऊंगा
तुझ में रम जाऊं मैं झूम-झूम कर
तुझे पता मेरा दिल हैं मेहफ़ूज़ घर
मैं कहना जो चाहूं महसूस कर
मैं तो चाहता हूँ मेरा मिसयूज कर
कह दे कुछ यूं न तू कंफ्यूज कर

आहार्य अपनी ब्लैक शर्ट को निकाल कर कार की बोनट पर रखता है इसी के साथ उसके बैक पर बना पाइथन का tatto जो चांद की रोशनी पड़ने पर चमक रहा था जो उसको और खतरनाक बना रहा था , वो किसी बेहद क्रूर राजा की तरह लग रहा था ।
फिर वो कार के बोनट पर लेट जाता है उसका एक हाथ उसके सर के

पीछे था काला आसमान काले पहाड़ , और उस डरावने माहौल मैं आहार्य अपनी ब्लैक कार की बोनट पर ओनली एक ब्लैक पैंट पहन कर लेता हुआ था , रात मैं ठंडी हवा उसके खुले शरीर पर पड़ रही थी , लेकिन आहार्य को न ठंड का एहसास था ना कुछ। उसकी आंखे बंद थी और चेहरे पर एक जुनून और किसी जंग को जीत जाने का सुकून था ।

इधर सिरोही भवानी सिंह जी का महल ,

भवानी सिंह जी और शिवराज सिंह जी अपने स्टडी मैं बैठे किसी प्रोजेक्ट को डिस्कस कर रहे थे , तभी एक तेज आवाज के साथ स्टडी का गेट खुलता है और शिवाय अंदर आता है , और भवानी सिंह जी केवसमने खड़े होकर गुस्से मै कहता है आप अभी से मेरी बहन की शादी नही करा सकते है वो अभी 19 साल की है और उस आहार्य सिंह राजपुत से तो बिलकुल नहीं आप भी जानते है की वो कितना गुस्सैल और क्रुएल है और इत्ती बेहद मासूम उनका कोई मेल नहीं ।

उसकी बात सुनकर भवानी सिंह जी के चेहरे के भाव नहीं बदले लेकिन शिवराज सिंह जी गुस्से से शिवाय से बोले ," शिवाय यह क्या तरीका है अपने दादा सा से बात करने का लेकिन भवानी सिंह जी ने उन्हे हाथ दिखा कर रोक दिया," फिर शिवाय को देख कर बोले की इत्ती आपकी बहन से पहले हमारी पोती हैं और हमें आपको यह बताने की जरूरत नहीं है की इत्ती के शादी जल्दी क्यू करनी है इससे पहले वो लोग इत्ति तक पहुंचे हमे इत्ती की शादी आहार्य से करनी होगी आहार्य से अच्छा जीवन साथी इत्ती के लिए कोई नही है और हमने अपनी तजुर्बी आंखो से आहार्य की आंखों मैं इत्ती के लिए बेहद प्यार और जुनून देखा है ।

इन सब से बेखबर इत्ती अपने कमरे मैं अपने large size टेडी को hug करके सो रही थी इन सबसे बेखबर ।

शिवाय और प्रेगती इत्ती के कमरे मैं हर रात की तरह जाकर उसके सर पर हाथ फेरते है और उसे ठीक से ब्लैंकेट से कवर कर उसके रूम का डोर बंद करके चले जाते है ।

आहार्य का अपने नाम आर्यन बताना के पीछे बहुत इंटरेस्टिंग फैक्ट है जो बाद मैं पता लगेगा) और इस औरत को भूलना मत ।

कुछ ज़रूरी बाते........

यार देखो यह जो स्टोरी है ना यह मेने जब पहला चैप्टर लिखा था तब ही इसका एक एक सीन प्लांड कर लिया था स्टार्ट टू एंड

इत्ती और आहार्य की शादी उनका शादी से पहले वाले सीन्स और बाद वाले भी lots of romance,lots of suspense, comedy,action scenes aur baki couple's ki love स्टोरी भी.... Everything was already planned

और हर चैप्टर एक दूसरे से लिंक्ड है बट मैं इतना कह सकती हूं यह स्टोरी आपको बोहोत ज्यादा हसाएगी, कभी रुलाएगी, चौंकाएगी और शर्माने पर भी मजबूर कर देगी।

कुछ लोग को ऑब्जेक्शन है की childhood scene क्यू था तो क्या यार आपको अच्छा नहीं लगा वो ??? मेने जैसा की आज के चैप्टर मैं लास्ट मैं मेंशन किया था की कल फ्लैशबैक खत्म होगा , यानी की इत्ती और आहार्य की वो एक ही बार एक्सीडेंटली मुलाकात हुई थी बाकी अब प्यार उनमें डेवलप होगा इत्ती को तो वो मुलाकात याद भी नहीं है ।

और सबसे important बात हर चीज एक दूसरे से लिंक्ड है तो अगर इत्ती और आहार्य की पहले मुलाकात नहीं होती तो आहार्य कभी इत्ती को ऐसे गोद में नहीं बिठाता थोड़ा सोचो और दूसरी बात यार थोड़ा पेशेंस रखो सब होगा धीरे धीरे अब आहार्य क्या इत्ती को देखते ही उस पर टूट पड़े आहार्य के भी कुछ ethics है यार ?

9

"हां हां अब आप
लोग हमारी wish
क्यों पूरी करेंगे अब
तो हमारी शादी होने
वाली है ..

जयपुर,

आहार्य की बॉडी पर सूरज की पहली किरण पड़ती है वो उठकर अपनी शर्ट पहनता है और अपनी ब्लैक कार मैं बैठ कर तेज़ रफ्तार से गाड़ी स्टार्ट कर उस पहाड़ी से निकल जाता है ।

सिरोही,

धूप के किरण बड़ी सी खिड़की से होती हुई इत्ती के ऊपर गिरती है इत्ती जिसका एक पैर अपने टेडी बियर के ऊपर था और उसका आधा ब्लैंकेट जमीन पर पड़ा था वो अनमने ढंग से उठकर बैठ जाती है और आधा

ब्लैंकेट भी नीचे फेंक देती हैं और जब उसकी नजर अपने साइड टेबल पर रखी टेबल क्लॉक पर शो हो रहे डेट पर जाति है वो एक दम से हड़बड़ी मै उठकर bathroom मैं जाती है और जल्दी जल्दी ब्रश करके फॉर्मेलिटी के लिए नहा कर ट्रैक पैंट और कैजुअल टॉप पहन कर बाहर आती है ।

उसके बाल अभी भी गीले थे और बेढंग तरीके से उसकी पीठ पर बिखरे हुए थे ।

और इत्ती अपना मिनी लैपटॉप ओपन करके अपने स्कूल की ऑफिशियल वेबसाइट पर जाकर अपना रिजल्ट देखने लगती है क्युकी आज उसका रिजल्ट आने वाला था ।

रोल नंबर requirement मैं जैसे ही रोल नंबर डालने वाली होती है उसके हाथ रुक जाते है और वो अपने सर खुजाते हुए कहती," अरे यह मेरा रोल नंबर क्या है ," फिर वो उस दिन को याद करती है जिस दिन उसका लास्ट पेपर था और अपने रूम मैं आकर उसने एक नजर अपने एडमिट कार्ड को लापरवाही से देख कर एटिट्यूड से कहा ," तुम्मे ऐसी कोई खास बात नही जो तुम इत्ती सिंह के पास रहो huhhh और लापरवाही से उसको फेंक देती है ।

और फिर अपना बाकी स्टफ बेड पर फेंक, खुशी खुशी कूदते हुए बाथरूम मैं चली गई मसलन आज वो बहुत खुश थी।

यह याद आते ही इत्ती का मुंह रोने जैसा हो गया और उसने मुंह बनाते हुए खुद से कहा ," किसी ने सही कहा है सबको अपने गुनाहों का फल भुगतना पड़ता है जैसे मुझे आज भुगतना पड़ रहा है ।

अब रिजल्ट केसे देखू, पक्का इस बार भी मेने टॉप किया होगा लेकिन एक बार देख लू तो सही रहेगा ।

यह बोलकर वो हर जगह अपने एडमिट कार्ड को ढूढने लगती है । लेकिन उसे कही नही मिलता वो हाफ्ते हुए खुद से कहती है," पक्का यह आज मुझसे उस दिन का बदला ले रहा है ।

फिर एक बार bed के नीचे झुक कर देखती है , तो एडमिट कार्ड उसके बेड headrest के नीचे बैठ कर आराम कर रहा था।

इत्ती मुश्किल से उसे नीचे से निकालती है फिर बेड के ऊपर आलती पालती पर कर बैठ कर अपना रोल नंबर डालती है कुछ देर लोड होने के बाद उसका रिजल्ट खुलता है जेसे की इत्ती ने उम्मीद की थी उसने टॉप किया था लेकिन नीचे से ।

यह देख कर इत्ती कहती है जैसा की मैने predict किया था निचे से मैं ही टॉप करूंगी भला आजतक मेरा यह रिकॉर्ड कोई तोड़ पाया है ।

तभी उसके फोन पर कांफ्रेंस कॉल आती है , वो खुशी के कॉल पिक करती है तो सामने से एक लड़की कहती है मेरे 45%और फिर दूसरी मेरे 48%फिर तीसरी कहती है मेरे 65%।

इत्ती घमंड से कहती है ," और मेने टॉप किया है इतना सुनते है उनमें से एक लड़की जो सोफा पर बैठी थी वो धड़ाम की आवाज के साथ नीचे गिर जाती है ।

और दर्द से कराहती हुई कहती है ," इत्ती क्या sachme तूने टॉप किया है मैं यह तभी मानूंगी जब रात मैं सूरज और दिन मैं चांद निकलेगा उसकी इस बात पर दोनो लड़किया भी उसकी हां मैं हां मिलाती है ।

उनकी बाते सुनकर इत्ती कहती है हां तो मेने सच मैं टॉप किया है पूरे 38% के साथ रिवर्स डायरेक्शन मैं टॉप यानी की नीचे से ।

इत्ती की यह बात सुनकर तीनो एक साथ चिल्लाती है ," ittiiiiiiiiiiiiiiiiii......

इत्ती अपने फोन को कुछ पल अपने कान से हटाकर फिर वापस लगाती है और रूठी हुई आवाज मैं कहती है ,"क्या ittiiiiiiiiiiiiiiiii टॉप तो टॉप होता है नीचे से करो या ऊपर से बस फर्क सिर्फ इतना है की जो ऊपर होता है उसे सब इज्जत देते है और नीचे वालो का सब मजाक बनाते है पता नहीं यह दुनिया ऊपर नीचे मैं भेदभाव करना कब बंद करेगी ।

उसकी ऐसी बाते सुनकर तो वो तीनो भी santy हो जाते है ," और इत्ती की हां मैं हां मिलाते है उनमें से द इमोशनल वन, मिशी रोते हुए कहती है ," हां यह दुनिया बहुत बुरी है ।

तभी रिद्धि कहती है एक मिनट ," इस चश्मिश (मिहिका) के 65% जबकि हम चारो का बचपन से रिकॉर्ड है हम चारो के कभी 50% से ऊपर नही आए फिर गुस्से से ," पापी विश्वास ,घाटी , पाखंडी तुम हमारी दोस्ती पर कलंक हो तुमने हमारे साथ विश्वास घात किया है , भूल गई हमारा वो दोस्ती का नारा , मारेंगे तो साथ मारेंगे और मरेंगे तोह साथ मरेंगे ।

मिहिका रिद्धि को शांत करते हुए कहती है ," शांत हो जाओ ज्ञानादेवी यह मेरा नही मेरे ब्रांड न्यू चश्मे का कमाल है जबसे यह मेरी नाक पर चढ़ा है ना , पता नही मुझे पढ़ाकू वाली फीलिंग आने लगी है । फिर उदास होकर मेने कोई धोखेबाजी नही की सब इसकी गलती है ।

इत्ती सबको शांत करते हुए शांत त्रिदेवियो , स्कूल मैं मिलते है स्कूल से मेल आया है ऑफिशियल डॉक्यूमेंट कलेक्ट करने का और फिर एक्साइटेड होकर सब मिलकर पार्टी करेंगे पास होने की खुशी मैं और मेरे टॉप करने की ।

रिद्धि बोली पार्टी वो भी तू , " राजकुमारी साहिबा आपके ओवर posseive घर वाले आपको जाने देंगे और जाने भी दिया तो काले कपड़े पहने मुश्तांडे भी हमारे साथ आयेंगे।

इत्ती एटिट्यूड से , when itti is here , then why you taking tension dear...

मिलते है और बिना किसी की बात सुने कॉल काट देती है ,।

और अपने लैपटॉप को बंद करके वो कूदते हुए नीचे सीढियों पर जाति है और अपने दादा सा जो की सोफा पर बैठे थे , उनकी पीठ से लटक कर , गुड मॉर्निंग दादा सा लेकिन तभी उसका ध्यान जाता है की उसके सभी घरवाले वही हाल मैं जमा थे और सब एक टक उसे ही देख रहे थे ।

एक पल के लिए इत्ती हड़बड़ा जाति है , फिर खुदको संभाल स्माइल करते हुए कहती है , क्या बात है आज पूरा राज परिवार राज दरबार मैं जमा है , कोई राज सभा का discussion हो रहा है क्या?

फिर फिर वही glass table पर रखी फ्रूट बास्केट से एक एप्पल उठा कर

उसका एक बाइट लेती है ।

शिवाय सीरियस वे मैं , आज आपका रिजल्ट आने वाला था ना क्या हुआ उसका ।

यह सुनकर तो इत्ती के गले मैं सेब का टुकड़ा फस जाता है और वो खांसने लगती है ।

प्रेगती जल्दी से इत्ती को पानी पिलाती है और पीठ सहलाती है , फिर शिवाय की डांटते हुए , शिवाय आप यह बात आराम से भी पूछ सकते थे , आपके एक्सप्रेशन देख कर तो ऐसा लग रहा है की आप कोई वकील है और इत्ती कोई मुजरिम ।

सभी घरवाले भी शिवाय को गुस्से से घूरने लगते है यह देखकर शिवाय थोड़ा सकपका जाता है , फिर अपना गला साफ करके नॉर्मल वाइस मैं हां मतलब की आज तो आपके रिजल्ट डिक्लेयर हुआ है ना और जहा तक हमे मालूम हैं आपने checkout भी कर लिया होगा ।

उसकी बात सुनकर सब इत्ती की तरफ देखते है और उसके जवाब का वेट करने लगते है ।

इत्ती अजीब सी हसी के साथ हां हां आ गया result और पूरे 38% के साथ मेने 12th पास कर ली ।

फिर उदास होते हुए इस बार तो मेने जी जान से मेहनत की थी और मुझे पूरा यकीन था मेरे 95% + आयेंगे लेकिन यह सब टीचर्स की गलती है उन्होंने जान बूझ कर मेरे मार्क्स काट लिए मुझसे चिढ़ती जो है ना वो लोग ।

यह सुनकर शिवाय इत्ती को डांटते हुए कहता है ," इत्ती एक तो आपने मेहनत नहीं की और अब आप अपनी गलती दूसरो पर थोप रही है ।

शिवय की यह नॉर्मल सी दांत सुनकर इत्ती अपना चेहरा ऐसे बना लेती है जेसे वो अभी रो देगी ।

यह देख कर सब एक साथ कहते है ,"रोना नहीं इत्ती ittu sa मुंह बनाकर अपने दादा सा के गले लग कर कहती है ," दादा सा देखो ना भाई सा मुझे डांट रहे है एक तो मेने 12th पास करली फिर भी ।

भवानी सिंह जी प्यार से उसके सर पर हाथ फेर कर कहते है ," शिवाय यह क्या तरीका है हमारी राजकुमारी से बात करने का आपने उन्हें दुखी कर दिया ।

सब उनके हां में हां मिलाते है ।

और फिर भवानी सिंह जी अपने बात बढ़ते हुए आगे कहते है , आप भूल गए लास्ट टाइम हमारी राजकुमारी के 37% आए थे और इस बार 38% मतलब इस बार उन्होंने पहले से ज्यादा मेहनत की और कम से कम वो कुछ लोगो की तरफ फैल तो नही हुई पास तो हुई है ।

सब घर वाले उनकी इस बात पर हां में सर हिलाते है जेसे वो भी इस बात पर सहमत हो ।

शिवाय अपने आप को ठगा सा महसूस कर रहा था।

फिर इत्ती भवानी सिंह जी का हाथ अपने हाथ मैं लेकर उनकी चापलूसी करते हुए कहती है , दादा सा वो आज हमे स्कूल मैं document कलेक्ट करने बुलाया है , फिर आगे अपने बातो मै और चाशनी घोल कर और फिर हम सबने मिल्कर डिसाइड किया है की हम सब अपने पास होने की खुशी मैं कैफे मैं party करेंगे।

भवानी सिंह जी कुछ कहते इससे पहले शिवाय कहता है ," कोई जरूरत नहीं कही जाने की हम किसी से कहकर आपके डॉक्यूमेंट्स मंगवा देंगे ।

उसकी बात सुनकर इत्ती तेश मैं आकर सोफे से खड़े होकर कहती है ," हां हां अब आप लोग हमारी wish क्यों पूरी करेंगे अब तो हमारी शादी होने वाली है हम पराए हो गए है अब हम आप लोगो की राजकुमारी कहा है , एक तो हमसे बिना पूछे हमारी शादी इतनी उम्र मैं fix करदी फिर अब हमे शादी से पहले ही पराया कर दिया लेकिन अब क्या कर सकते है यही दुनिया की रीत है यही दस्तूर ।

और आंखो मैं नकली आंसु ले आती है ।

जैसा की ड्रामेबाज इत्ती से सोचा था उसकी बात का असर सब पर बराबर हुआ यहां तक की शिवाय पर भी , इत्ती तिरछी नजरों से सबके एक्सप्रेशन देखती है और मन ही मन डेविल स्माइल करती है ।

और फिर कहती है हम जा रहे है अपने रूम मैं जेसे ही वो जाने को होती है सब एक साथ बोलते है ," रुकिए ।

इत्ती तो मन ही मन डांस कर रही थी जैसा उसने सोचा था वही हो रहा th वोह sad एक्सप्रेशन के साथ पीछे मुड़ती है और उदासी से सर झुका कर और कोई आदेश है हमारे लिए ।

भवानी सिंह जी इत्ती के पास आकर कहते है यह कैसी बाते कर रही है आप प्रिंसेस आप तो हम सब को आदेश देती है फिर आगे अगर आपका इतना ही मन है तो आप जाइए और एंजॉय करिए ।

यह सुनकर इत्ती खुशी से सच्ची दादा सा और उनको टाइटल hug कर लेती है और भागते हुए अपने रूम मैं चली जाती है उसके जाने के बाद भवानी सिंह जो अपने भरोसे मंद आदमी को बुलाते है और सीरियस होकर ," हमारी राजकुमारी की सेफ्टी मैं कोई कोताही न हो ।

वो आदमी अपना सर झुका कर कहता है ," जो हुकम राजा सा ।

इत्ती खुशी खुशी अपने रूम मैं जाकर अपने फ्रेंड्स ग्रुप मैं मैसेज करती है और फिर क्लोसेट मैं जाकर अपने कपड़े चेंज करती है ।

कुछ देर बाद वो एक आर्मी पैंट जो की peach कलर मैं थी , और ऊपर एक व्हाइट crop top जिससे उसकी हल्की हल्की कमर शो हो रही थी ऊपर एक dusty pink danim jacket पहन कर बाहर आती है ।

और अपने फुल साइज मिरर के आगे खड़ी होकर , अपने लंबे wavy hairs की एक मैसी pony tail बनाती है उसके एक दो bangs उसके माथे पर बिखर जाते है ।

उसका लुक्स बहोत ही कुल और carefree लग रहा था वो किसी कोरियन की तरह लग रही थी।

और अपना फोन लेकर रूम से बाहर निकल जाती है ।

और हॉल मैं सबको byy बोलकर बाहर कार मैं बैठकर ड्राइवर को स्कूल चलने का बोलती है ।

उससे कुछ दूरी पर तीन कार छुप कर उसकी प्रोटेक्शन के लिए चल रही थी जिसकी इत्ती को कोई खबर नहीं थी ।

दूसरी तरफ जयपुर,

आहार्य की कार एक गगन चुम्बी इमारत के पास आकर रुकती है जिसके सबसे टॉप पर लिखा था ASR CORPORATION jo black diamonds से लिखा था और उसकी रोशनी और बिल्डिंग की ऊंचाई इतनी थी की जयपुर के हर घर की छत से देखी जा सकती थी ।

यह ASR CORPORATION SYMBOL दिन मैं तो ब्लैक कलर से शाइन होता था और रात मैं व्हाइट कलर मैं ।

आहार्य का बिज़नेस पूरी दुनिया मैं फैला था, और उसकी बहुत सारी सब्सिडरी कंपनीज थी लाइक एंटरटेनमेंट कंपनी, रियल स्टेट और हर फील्ड मैं ।

आहार्य की कार के आगे और पीछे गार्ड्स से भरी 5–5 कार्स थी
सब गार्ड्स जल्दी से बाहर आकार सर झुका कर खड़े हो जाते है उनके हाथो मैं guns थी और उसका असिस्टेंट नमन जल्दी से कार का गेट खोलता है आहार्य अपनी कोट के बटन को बंद करते हुए बाहर निकलता है उसके गार्ड्स उसको protect karne ke लिए उससे दूरी बना कर उसको घेर लेते है ।

आहार्य straight face के साथ office के अंदर जाता उसके पीछे उसके गार्ड्स और असिस्टेंट थे ।

आहार्य को देखते ही ऑफिस के ग्राउंड फ्लोर पर pin drop silence हो जाता है और सब अपनी जगह पर खड़े हॉकर अपना सर झुका लेते है ।

आहार्य बिना किसी पर ध्यान दिया अपनी personal लिफ्ट मैं चला जाता है साथ मैं उसके गार्ड्स और असिस्टेंट भी ।

उसकी लाइफ सीधे टॉप फ्लोर पर रुकती है जो की पूरी खाली थी आहार्य के गार्ड्स लाइन से उसके केबिन के बाहर अपनी राइफल लेकर

सर झुका कर बिना किसी एक्सप्रेशन के खड़े हो जाते है ।

आहार्य अपने केबिन मैं जाता है और उसका असिटेंट भी ।

नमन आहार्य का शेड्यूल बताते हुए ," बॉस आज आपकी मीटिंग mr देसाई के साथ है सिरोही मैं अगर आप नही जाना चाहते तो...

इससे पहले वो अपनी बात पूरी करता आहार्य उसको हाथ के इशारे से रोक देता है और without any expression कहता है , हम जा रहे है ।

तो अब बहुत जल्दी इत्ती और आहार्य की फिर मुलाकात होने वाली है .....

यार देखो हमारी यह रोमांस की ट्रेन ना धीरे धीरे आगे बढ़ रही है जिसका पहला स्टेशन है इत्ती और आहार्य की पहली किस और उससे पहले एक दो छोटे रोमांटिक stops हैं एक दम से सब नही होगा यार सब स्मूथली आगे बढ़ेगा यार और मैं अगर एक दम से केसे रोमांस दिखा दू यार इससे तो पूरी स्टोरी बिगड़ जाएगी यार ।

Cute रोमांस से लेकर पैशनेट रोमांस तक का सफर हमे धीरे और पेशेंटली ते करना है यार सो प्लीज have patience मेने कहा है ना सब होगा लेकिन धीरे धीरे सिस्टेमेटिक वे मैं ।

और यह मत सोचना की इतने सारे charector aa gaye toh story घीच पिच जाएगी यह तीनो के बस कही कही सीन्स है ।

Main लव स्टोरी तो हमारे मैन लीड्स nd तीन तिगाड़ा की भी लव स्टोरी है । बाकी के कैरेक्टर बस fun और entertainment के लिए है ।

और COMPLICATED GIRL- nahi आहार्य को पता नही था की जिससे उसकी शादी हो रही थी वो उसकी बचपन वाली इत्ती है , as i already mentioned की वो स्टार्टिंग मैं शादी के खिलाफ था और वो वहा गया इसलिए था की वो साफ साफ शादी के लिए मना कर सके लेकिन जब उसने फर्स्ट time इत्ती के tinted लिप्स nd face देखा वो पहचान गया क्युकी इता का फेंस इतना भी नही बदला था बचपन से और बाकी तो आपको पता ही है की क्या हुआ था ?

सिया – वो शायरी नही song है named jadugar usi ki lyrics थी।

और यार मैं ना सबको कमेंट के नीचे रिप्लाई करूंगी तो एक बार चेक करना जिसका जो भी questions हो क्युकी ऐसे सबके कमेंट्स के रिप्लाई नही हो पाते फिर मुझे गिल्टी फील होता है जेसे मैने लोगो के कमेंट्स नही उनके इमोशंस इग्नोर कर दिए ।

www.ingramcontent.com/pod-product-compliance
Lightning Source LLC
Chambersburg PA
CBHW021132130726
47988CB00003B/1276